Caça-fantasmas BRASILEIROS

JOÃO TOCCHETTO
E ROSA JAQUES

CAÇA-FANTASMAS BRASILEIROS

Planeta

Organização de conteúdo: Edison Veiga
Preparação: Fernanda Martins
Revisão: Luiz Pereira e Iracy Borges
Diagramação: Vivian Oliveira
Capa: Desenho Editorial
Imagens de capa: © Tom Tom / Shutterstock, © Flavio Florido

CIP-BRASIL. CATALOGAÇÃO NA PUBLICAÇÃO
SINDICATO NACIONAL DOS EDITORES DE LIVROS, RJ

T562c

Tocchetto, João
Caça-fantasmas brasileiros / João Tocchetto, Rosa Maria Jaques. - 1. ed. - São Paulo : Planeta, 2016.

ISBN 978-85-422-0777-4

1. Espíritos. 2. Fantasmas. I. Jaques, Rosa Maria. II. Título.

16-34630 CDD: 133.1
CDU: 621.391.837.1

2016
Todos os direitos desta edição reservados à
EDITORA PLANETA DO BRASIL LTDA.
Rua Padre João Manuel, 100 – 21º andar
Ed. Horsa II – Cerqueira César
01411-000 – São Paulo-SP
www.planetadelivros.com.br
atendimento@editoraplaneta.com.br

SUMÁRIO

Agradecemos

à querida amiga Maria Fernanda Nogueira Mesquita,
ao amigo e parceiro dr. Marcelo Motta Coelho Silva
e aos filhos, filhas, noras, genros, netas e netos que sempre
nos incentivaram e apoiaram.

APRESENTAÇÃO

Eu sou paranormal, caçadora de fantasmas, e a Morte, assim mesmo, com inicial maiúscula, é minha melhor amiga. Meu nome é Rosa Maria Jaques.

Nasci em Porto Alegre, capital do Rio Grande do Sul, em 2 de janeiro de 1949. Dois dias antes, uma benzedeira passou um crucifixo sobre a barriga enormemente grávida de minha mãe. "Ela será uma vidente muito famosa e respeitada", afirmou a mulher. Só vim a saber dessa história com 40 anos de idade.

Lembro que, quando criança, havia em meu quarto um quadro com a imagem de Jesus Cristo em preto e branco. Eu tinha 6 anos de idade, e vivenciei minha primeira experiência paranormal. Olhei para o retrato de Cristo e ele retribuiu o olhar. Balançou a cabeça, sorriu e piscou. Apavorada, pedi que minha mãe retirasse aquela imagem de meu quarto – ou não tornaria a conseguir dormir em paz.

Foi o ponto de partida para uma série de visões e percepções. As coisas vinham em lampejos, turbilhões de imagens. Bastava pensar em algo e pronto: lá estavam os desdobramentos. E eu não tinha controle algum sobre eles.

Na escola, minhas colegas passaram a querer estudar comigo porque, de forma natural e involuntária, eu sempre adiantava o conteúdo das perguntas que apareceriam nas provas.

Fenômenos estranhos passaram a acontecer. Eu era adolescente quando, numa noite, enquanto secava a louça, um foco de luz surgiu em cima de um poço que havia nos fundos de nossa casa, perto da cozinha. Não entendi nada e fiquei em pânico. A partir dali, passou a ser comum que eu visse anomalias luminosas dentro de casa.

Nessa época, vivi um drama. Apareceu um tumor em minha perna – algo que, segundo os médicos, poderia ser fatal. Desesperada, minha mãe fez uma promessa em que ficou acertado que eu caminharia 24 horas depois da operação. Dito e feito. Com cinquenta pontos na perna, consegui andar sem nenhum problema. Para os médicos, tratava-se de um milagre.

Aos 12 anos, fui estudar em um convento, seguindo um teste vocacional que eu havia feito dois anos antes. Não me adaptei à rotina das religiosas. As superioras tratavam os demais com grosseria e deboche. Íamos à missa diariamente e tínhamos hora para tudo, mas de Deus mesmo falávamos muito pouco.

Três anos mais tarde, quando minha família e eu morávamos em Cachoeirinha, na Região Metropolitana de Porto Alegre, um menino desapareceu de uma casa da vizinhança. Como um rio passava nas proximidades, houve um grande alvoroço da família. Todos os moradores da rua se mobilizaram e a polícia foi chamada. Quando a tia da criança passou pelo meu portão, eu disse que o guri estava escondido dentro do roupeiro. A mãe ficou indignada, achando que eu fazia brincadeira da situação. A tia foi conferir: o menino estava dormindo dentro do tal roupeiro.

Episódios assim se somavam. Embora eu soubesse que estava ajudando os outros, havia um grande vazio dentro de mim. Não compreendia o que se passava comigo e, ao mesmo tempo, não conseguia eu própria organizar minhas energias. Busquei respostas em religiões, sempre sem sucesso. Por toda a minha vida, procurei entender o que acontecia comigo. Não sabia como proceder.

Não conseguia ficar dentro de casa, não conseguia ficar na rua. E não parava em emprego algum.

Fui secretária de uma grande metalúrgica e usava a vidência para todas as pessoas que iam falar com o meu chefe. Ele estranhava, pois os que entravam em sua sala pareciam sempre assustados e tendiam a concordar com tudo o que ele dizia. Fui transferida para outro setor, no qual supervisionava um turno de produção. Mas meu modo de trabalho não se enquadrava em nada. Incomodados, meus chefes acabaram me demitindo.

Um médico chegou a diagnosticar que a razão de meu desespero era uma veia obstruída na cabeça, que poderia explodir. Sentia-me condenada à morte.

A cada dia eu ficava mais perturbada. Via coisas, não conseguia dormir. Preocupado, meu irmão me levou à casa de uma senhora, que afirmou ter um espírito ruim dentro de mim. Para tirá-lo, fizeram correntes com várias pessoas, foram para a encruzilhada, mas nada conseguiram. Em determinado momento, declarei que ninguém conseguiria tirar isso de mim, já que "isso" era eu mesma.

Rótulos vinham de todos os lados. Na umbanda, diziam que eu era mãe de santo pronta. Outros acreditavam que eu era curandeira. Católicos me chamavam de "responso de Santo Antônio", benzedeira e outros nomes.

Mas foi uma umbandista, dona Alda, quem realmente me ajudou. Segundo ela, eu tinha um espírito que precisava ser doutrinado, e que não havia como tirá-lo de mim. Mesmo sabendo que não era bem isso, pois eu via os espíritos e os conhecia muito bem, encontrei nela apoio e aceitação. Dona Alda foi a primeira a tentar me organizar.

Voltei à ciência. Depois de muitos testes e exames, os médicos constataram que meu grau de sensibilidade era tão grande que eu estava a ponto de enlouquecer. Para eles, como eu vivenciava muitos fenômenos, estava na iminência de perder o controle psíquico. Parapsicólogos e religiosos, cada qual a seu modo, diziam a mesma coisa. Todos faziam com que eu não me sentisse normal.

Um dia, muito desorganizada e cansada, cheguei em casa e disse, em voz alta: "Quem me deu isso é que vai me ajudar. Não acredito que Deus dê um dom a uma pessoa para enlouquecê-la".

Por meio de um processo interno trabalhoso, descobri que havia herdado dos meus ancestrais essa facilidade para viver todos os momentos simultaneamente: o hoje, o ontem e o amanhã. Vidência é herança. Assim como o DNA transmite as heranças físicas, a psique também tem um canal que vai de geração para geração.

Minha vidência me mostrava os processos claramente, pela necessidade de organização. Ao entender isso, fiquei mais calma e me permiti ser meu próprio laboratório. Fui aceitando minha sensibilidade e conhecendo sua linguagem.

O foco do meu trabalho e da minha vida é o ser humano e a sua organização. O caminho até Deus é muito simples e é feito diariamente, nos relacionamentos familiares, no dia a dia do trabalho e, sobretudo, vivendo.

Em 1990, quando já prestava serviços de consultoria sobrenatural, fui chamada para atuar na produtora de TV e publicidade de João Tocchetto de Oliveira, em Porto Alegre.

A parceria acabou em casamento, em 1996, e em sociedade. Atualmente trabalhamos juntos, tanto na empresa Elo Perdido quanto no *reality show* Caça-Fantasmas Brasil Visão Paranormal, que produzimos e veiculamos no YouTube.

João é um amigo que se tornou meu companheiro. Juntos, criamos nosso caminho, uma jornada em que acreditamos e que dá sentido a nossas vidas. Apesar de todo o preconceito e a perseguição que sofremos, vale muito a pena.

Nascido em 15 de maio de 1961, João é de uma família católica praticante. Até a adolescência, participava de movimentos da Igreja, tendo inclusive fundado um grupo de adolescentes para trabalhar pelas vocações religiosas. Nessa época, ele convivia com a forte sensação de que um dia teria a visão de uma mulher – que ele pensava se tratar de Nossa Senhora –, e essa experiência mística mudaria sua vida.

A visão não veio e ele seguiu sua vida. Aos 15 anos, já trabalhava. A facilidade com a comunicação acabou levando-o a cursar Publicidade e Propaganda. Trabalhou em agências, teve uma própria produtora de comerciais e vídeos empresariais, fez campanhas políticas e eventos, produziu um curta-metragem, atuou como palestrante, foi professor universitário...

"Eu era um bom profissional, as pessoas confiavam em mim e no meu trabalho, era um bom produtor. Mas não sabia administrar a empresa, era um empresário ruim", costuma comentar, quando se recorda desse passado.

Ele tinha uma sólida carreira mas, mesmo fazendo o que gostava e sabia, andava insatisfeito. Sentia um vazio interno. Foi quando nos conhecemos. João diz que foi a visão que o atormentava na adolescência, a visão pela qual tanto ansiava. Desse encontro, resultou todo o nosso trabalho atual, de certa forma.

Entusiasta de toda uma parafernália tecnológica, João acrescentou uma série de equipamentos às investigações paranormais que eu já fazia. São ferramentas cujo principal objetivo é comprovar, a quem não tem vidência, a presença dos espíritos e fantasmas – que, por mim, é percebida independentemente dos aparelhos. Como vocês verão nos relatos a seguir, costumamos utilizar termômetros e medidores de eletromagnetismo – os quais apelidamos de *ghost meters* –, além de câmeras e gravadores de última geração.

Em nenhum dos casos, nossa intenção é fazer sensacionalismo barato ou mesmo expor desnecessariamente os envolvidos, vivos ou mortos. Muito pelo contrário. Acredito que nossa missão é tentar organizar, ajudar os que já passaram pela Terra a encontrar um caminho de paz. Nosso lema é "respeito ao sobrenatural, sem julgar nem afrontar".

CAPÍTULO 1

MÃE E FILHA

“A gente vê coisa”, me diz Eraldo, o guarda municipal do cemitério. É o que ouço: as pessoas que trabalham ali se deparam com vultos, barulhos, sombras. Depois, acabam se acostumando e deixam de dar importância. Funciona assim, sempre. Os vultos aparecem na visão periférica, se escondendo atrás dos túmulos. Não precisam de razão para aparecer. Surgem meio no espanto, meio no sem querer da mente.

É uma história antiga de assombração na capital gaúcha. Sigo minha intuição e nos deparamos com o portão do cemitério, à noite. Decidimos voltar no dia seguinte, com o local aberto.

Foram vários endereços até chegarmos ao Cemitério Municipal São João. Localizado no bairro de Higienópolis, é a maior necrópole municipal de Porto Alegre. Existe desde 1936 e ocupa uma área de 9,5 hectares com um total de 12.600 jazigos.

Sinto algo nas pernas: ou estão amarradas ou o fantasma usa vestido, algo que atrapalha seu caminhar. Se um morto entra em contato, é porque tem algo mal resolvido, quer ajuda. O espírito só vem quando quer dar um recado.

Caminhar entre túmulos é sempre um exercício penoso para mim. Olhar para as fotos que estampam as lápides tem um efeito de comunicação direta, é uma experiência muito intensa. Se eu não desvio o olhar das imagens, começo a pegar as histórias dos mortos – como se as pessoas estivessem ali, vivas.

Uma voz de mulher me orienta. Estou perto do túmulo que procuramos. O espírito diz que são duas letras e a vogal "o". Talvez o nome seja Oto.

Caminhamos em direção ao bosque, onde ficam os túmulos mais antigos, de crianças mortas por malária. Já estou entendendo o que se passa: quem me orienta é uma mãe. Uma mãe que perdeu o filho ou a filha, mas nunca aceitou e, já morta, segue em desespero.

Observo que muitas lápides estão sem nome. O tempo teria se encarregado de apagar essas histórias?

A comunicação com os espíritos não é feita quando queremos. Ela é natural e depende do lugar e da situação. Os processos não são iguais. Cada espírito tem a sua peculiaridade, vibra à sua maneira. Alguns, pela sua personalidade ou pelo contexto, são mais objetivos que outros.

Neste caso, tudo começou com a súbita sensação de que havia uma pessoa atrás de mim. E a impressão de que eu estava vestida com uma roupa démodé.

É uma energia perturbada, que pede ajuda para encontrar alguém.

As informações me eram passadas aos poucos, uma parte a cada dia, e eu tinha que ir montando o quebra-cabeça. Para isso, sempre conto com a ajuda do João, que mergulha nas pesquisas a partir das pistas que lhe vou repassando.

Neste caso de Porto Alegre, eram tantas informações que muitas vezes via a minha rotina de afazeres domésticos prejudicada. O espírito surgiu pela primeira vez como um vulto no canto do olho, e não dei muita atenção. Mas aí veio a insistência: xícaras se quebravam em casa sem que eu nem encostasse nelas e por aí vai. Entendi o recado.

Há pessoas que nunca aceitam a morte de alguém, mesmo depois de mortas. Tornam-se espíritos que querem um resgate da própria história.

Comecei a receber informações e referências. A época e os locais em que teria vivido. A sensação de que ela nunca tinha aceitado a morte de uma criança. Nunca passou um endereço exato – ao contrário de alguns espíritos, que informam a localização com precisão. No início, parecia-me se tratar de um cemitério abandonado. Depois entendi que era, na verdade, uma ala do cemitério onde não se realizavam mais enterros.

A energia me mostra um túmulo com uma casa cor-de-rosa. Agora entendo que é uma menina que tem "oto" no fim do sobrenome. E três letras antes de "oto".

Os espíritos, mesmo perdidos e atrapalhados, tentam resgatar coisas que deixaram. Uns são objetivos, práticos; outros, cifram os recados. De certa forma, a maneira como as informações são repassadas espelham as condições que a pessoa tinha em vida. No entanto, não há regras.

Queremos mostrar para as pessoas que eles não são do mal. Se você tiver uma índole boa, uma boa intenção, por pior que tenha sido o sujeito em vida, ele vem buscar alguma coisa em você. Agora, se a sua intenção for negativa, ele será capaz de abalar você.

João e eu temos o compromisso de ajudar, então um espírito nunca nos causa transtornos. Não queremos nada em troca nem manipulá-lo. Tentamos entender e ajudar os espíritos perdidos e atrapalhados.

Os espíritos não vêm para perturbar. Eles vêm porque você tem, mesmo sem saber, um potencial de comunicação. Podem chegar por um arrepio, sonhos, vozes ou mesmo visões. Se você estiver em uma fase negativa, essa energia pode desestruturar suas emoções e trazer certas consequências para a sua vida.

A sensibilidade é genética. Observe na sua família: há um histórico de outras pessoas que tinham esse potencial, ainda que de uma forma diferente da sua?

Racionalmente, as pessoas tendem a dizer que não acreditam em espíritos, que não os veem. O problema pode estar no fato de o potencial não estar sendo trabalhado. O lado racional só aceita o que você controla.

Há também a questão do medo, que funciona como um inibidor desses contatos, dessas comunicações. Não tenha medo – ou ele acabará funcionando como um filtro. Um espírito pode ser tão ruim quanto uma pessoa ruim aqui da Terra. A maldade de um espírito pode ser igual – mas não pior – do que está vivo, que vem e nos atinge. A pior energia está com os vivos.

É importante saber que não existe um "eu quero ver espíritos". O querer é racional. É o controle, a manipulação. As coisas da sensibilidade fluem sem o querer da razão, e desenvolver isso é vivenciar a experiência. Quem não tem predisposição nunca vai conseguir ver um espírito, mas pode desenvolver potencial para outras coisas. É preciso aceitar o potencial para outras coisas, para onde naturalmente for focado.

O jazigo da casa rosa não era o que o espírito queria me indicar. Ele funcionou apenas como referência. Quando cheguei a ele, meu olhar foi atraído por outro, próximo, na diagonal. Ali estava a sepultura da menina. Dessa vez não era um espírito prático e objetivo, mas suas orientações permitiram que encontrássemos o que queria.

Pronto, a energia perturbada teria a paz de que precisava. Encontrou a filha morta, agora poderá descansar.

Antes de voltar para casa, tentamos obter mais informações no cartório e no hospital onde a criança tinha morrido. Sem sucesso. Vamos respeitar os direitos dos humanos, do mundo material.

CAPÍTULO 2

JOGADORES NA PRISÃO

Eu me comunico com os espíritos desde os seis anos de idade. A habilidade me veio de forma natural e, para mim, vê-los e senti-los sempre foi normal. A interação foi pacífica até minha adolescência. Depois disso, tive problemas, mas sempre foram causados por terceiros.

Nunca fui agredida pelos espíritos. Eles, de fato, demonstram sentimentos negativos, como raiva e frustração, mas não deixo que me atinjam por estar sempre de bem comigo mesma. É possível sentir as coisas sem entrar na sintonia negativa.

Depois de várias aparições em programas de TV, João e eu resolvemos ter nosso próprio canal no YouTube, no qual difundimos nosso trabalho e, principalmente, permitimos que ele seja respeitado. Uma gravação de nossos vídeos foi acompanhada pela equipe de uma emissora de televisão do Rio Grande do Sul. Repórter, câmera, operador de áudio e motorista nos seguiram até a cidade de Santo Antônio da Patrulha.

Na cidade há um presídio abandonado, de onde me veio um pedido angustiado: um preso alegava ser inocente e precisava de minha ajuda para provar sua inocência.

Antes de sairmos de Porto Alegre, conversei com o repórter sobre a minha forma de trabalhar e expliquei que não tenho necessidade de demonstrar para ninguém que sou vidente. Minha missão é ajudar, e não buscar aceitação das pessoas. O repórter assumiu ser cético no assunto, o que não me incomoda. Gosto de ser confrontada por quem não acredita. É um desafio constante manter o senso crítico e a credibilidade do meu trabalho.

Durante a conversa, aproveito para lhe mostrar os equipamentos que medem campos eletromagnéticos. A ideia de usá-los nos trabalhos foi do João, que pesquisou no mercado o que existia para que eu pudesse comprovar de uma forma mais materializada os fenômenos que sinto. Seu funcionamento é simples e ajuda a detectar as energias mais sutis, aquelas que não têm o suporte do corpo. Apesar de conseguirmos manter contato com espíritos a qualquer hora, aparelhos de detecção funcionam melhor à noite, quando há menor interferência de fatores externos.

Com todos os equipamentos organizados, pegamos o carro e dirigimos até Santo Antônio da Patrulha. Não fazíamos ideia do que iria acontecer. O presídio foi inaugurado em 1956 e desativado, em função de sua precariedade estrutural, por volta do ano 2000. Mesmo não sendo de segurança máxima, abrigou todo tipo de preso, inclusive os de alta periculosidade. Apesar de pequeno, chegou a ter sessenta apenados.

Com a devida autorização do prefeito, começamos a explorar o local ainda de dia, para nos familiarizarmos com as celas e para que a equipe da emissora pudesse filmar o local.

Hoje em dia, a construção está completamente abandonada. O lugar não tem energia elétrica e a vegetação cresce alta ao redor. Desde sua desativação, aparentemente não foi feita nenhuma intervenção. As paredes das celas preservam rabiscos da época.

Encontramos pessoas em um bar próximo. Elas nos contam um pouco do que se lembram da rotina do presídio, principalmente das tentativas de fuga e dos jogos de futebol. As partidas aconteciam nos fins de semana, com o time dos detentos jogando contra o time do bairro. Depois dos jogos, era servido um almoço preparado pelos próprios presidiários. As partidas eram pacíficas e até hoje são muito lembradas na região.

Entro no presídio na esperança de fazer contato. É importante dizer que os espíritos não podem ser agredidos. Não se pode entrar em um recinto e exigir que ele se manifeste. Frases de ordem como “Apareça!” ou “Prove que você existe!” não ajudam na comunicação e trazem somente animosidade. O processo deve fluir naturalmente. O fenômeno independe da hora e da nossa vontade.

De imediato, sinto muita angústia. Aviso que não viemos invadir nenhum espaço, viemos apenas mostrar o sofrimento ali existente. Mesmo não tendo morrido ali, se a pessoa tiver tido uma conduta distorcida, como a de um criminoso ou de alguém muito controlador, ela pode ficar presa na pior experiência que teve na vida. Foi por essa razão que, nessa cadeia, consegui entrar em contato com tantas sensações pesadas.

Durante o dia, nossa visita foi acompanhada por um antigo carcereiro, que se lembrava de alguns dos presos. Conto para ele que o espírito que me chamou tinha barba rala e, ao entrar em uma das celas, sinto sua energia e percebo que era ali que ele morava. O carcereiro me confirma que uma pessoa com essas características realmente passou por ali e acrescenta o que eu já havia sentido: ele era uma pessoa muito educada e tinha por volta de cinquenta anos.

Anoitece e os trabalhos, de fato, se iniciam.

Fica muito claro que a história não morreu ali e reforço constantemente que não estamos ali para julgar ninguém. É preciso passar essa segurança para eles. Afinal, estamos entrando em um local que não é nosso. As histórias pertencem às pessoas que passaram por essas experiências, e é nosso dever assegurar que todos sejam tratados com respeito.

Mesmo com todo esse esforço, de repente sinto um frio no estômago, como se alguém sentisse ter sido descoberto. É um espírito que me pergunta se estou armada. Ele é do tipo que puxava briga com outros presos e disse não ter gostado de mim. Sentindo o incômodo que causei, lhe asseguro que não sei pelo que ele passou, mas que posso sentir o que ele quiser me mostrar e que estou disposta a ajudar. Asseguro-lhe que todos que estão comigo tratam do caso com a mesma seriedade. Por fim, ele se acalma.

Sinto muito ódio ali dentro. É necessária uma reforma no local para que seja criada uma nova história, mais positiva, que liberte esse passado tão pesado.

Entro em outra cela e percebo que ali vivia um preso que lia muito. No meio de vários desenhos na parede, o alento: "Jesus ti (*sic*) ama. Ele vai ti (*sic*) libertar". Provavelmente a leitura em questão era bíblica.

Entre uma cela e outra, sinto um desabafo rápido, um preso me contando que tinha mais liberdade na cadeia do que fora dela.

Na cela 3, sinto um cheiro insuportável de sangue. Não era sangue de um atentado, mas sangue que alguém trouxera nas mãos. E não foi por tiro. Foi provavelmente faca.

Mais à frente noto uma pessoa bem desequilibrada, com problemas mentais. Como nesse caso, há momentos em que não vejo o espírito, apenas o sinto. Cabe a mim traduzir a sensação. É preciso paciência, mas as pessoas sensitivas captam tudo isso, que fica impregnado nas paredes.

Quando entro na cela 1, volto a me deparar com quem me trouxe até aqui. Ele me pede ajuda e se explica. Diz que há cerca de vinte anos matou para se defender. Eu o vejo e constato que tem um problema nas pernas, que são curtas e têm uma cicatriz. percebo uma falha no dente e entradas no cabelo. Sorri no meio da confusão toda e me diz que, mesmo não tendo morrido no presídio, foi ali onde viveu seu pior momento. Sustenta que, em um ato de defesa, matou uma pessoa pelas costas. Reafirmo que não posso julgar, que isso não cabe a mim.

Vamos até onde se localizava o pátio do presídio, no qual eram realizadas as partidas de futebol. Agora só há mato alto. Em um flashback, vejo presos jogando bola, reunidos, conversando. Também vejo alguma estrutura quebrada que imagino ser uma trave. Um detento me convida para ficar.

Voltando para o lado de dentro, noto um preso na janelinha da porta. Seu passatempo é ver o movimento.

Pelo *ghost meter* encontro mais alguns presos, mas esses não querem conversa. Limito-me a dizer que eles devem sair dali e buscar uma vibração mais positiva. O curioso é que passo por mais espíritos nos corredores do que nas celas.

Mesmo em todo esse ambiente pesado, há lugares em que sinto algo mais suave, talvez uma presença feminina. Não são espíritos, mas emoções impregnadas. É algo muito sutil. Com paciência, eu e o repórter continuamos a falar do assunto para atrair mais sensações. Precisamos nos desarmar e demonstrar que não estamos ali para julgar. É preciso ter o coração aberto nessas horas, e, com o tempo, eles vão se aproximando.

Sigo até a cozinha com o repórter, cada um com seu *ghost meter* na mão. Enquanto conversamos, seu aparelho começa a apitar. Vejo que é o espírito que nos acompanhou durante toda a visita e que agora se manifestava para comprovar sua presença.

Nosso trabalho ali estava concluído. Aviso que estamos saindo e desejo, de coração, que todos tenham a paz de que precisam. Não sei se existe Céu, mas desejo que eles resgatem suas lembranças positivas, se libertem dessa prisão e sigam o caminho da luz.

Ao sair do presídio, me deparo novamente com a turma do bar e conto um pouco do que vi. Eles me confirmam que um dos presos que jogava futebol tinha uma cicatriz na perna. Seu nome de guerra era Quebrado. E também me confirmam a existência de uma trave no pátio. Também quebrada.

CAPÍTULO 3

LOUCOS

O Hospital Psiquiátrico São Pedro, em Porto Alegre, é uma construção centenária e tombada. Quando visitei o prédio principal, inaugurado em 1884, ele estava desativado. A área anexa permanecia ativa e, pelo que pude notar, realizava um trabalho muito bonito.

Desde que o hospital foi fundado, o tratamento das doenças mentais mudou muito. Acredito que muitos espíritos tenham sido aprisionados por conta de abordagens arcaicas, hoje felizmente em desuso. Toda essa dor está impregnada em suas paredes, que ainda a ecoam.

Durante nossa visita, precisamos tomar muito cuidado para não expor os pacientes que ainda são tratados ali. Na maior parte do tempo, fomos acompanhados por Dennis Magalhães, responsável pela comunicação social dos hospitais estaduais do Rio Grande do Sul. Guarde bem esse nome, pois ele terá uma participação importante no final deste caso.

Fazia muito frio nos dias em que visitamos o hospital, o que deixava o local ainda mais inóspito. Pedi licença aos vivos e aos movimentos energéticos. Desde o início, fiz questão de deixar claro que estava ali em paz, unicamente para mostrar o lado humano da história do lugar. Sem sensacionalismo. Quem quisesse se manifestar por mim, que ficasse à vontade.

Logo no início, sinto que ali há muito sofrimento, medo e angústia impregnados. Nesse ambiente diversificado, isso não quer dizer que as almas sejam necessariamente negativas: elas estão presas ali por ser um lugar de sofrimento, tanto para pacientes quanto para funcionários.

O prédio tem energia elétrica em poucos pontos específicos, o que favorece o uso confiável do *ghost meter*. O aparelho detecta oscilações no campo eletromagnético e auxilia a demonstrar a presença dos espíritos que eu, mais aberta às sensações, vejo, ouço, sinto e até mesmo cheiro. Durante todas as minhas visitas, faço questão de mostrar que não interfiro no *ghost meter* e que ele é operado de forma extremamente honesta.

Logo na entrada, ele sobe para o amarelo. São os espíritos mostrando que querem – e vão – se manifestar. Passo por um corredor escuro, e o aparelhinho vai para a faixa máxima, indicando que os espíritos querem falar. Dennis, o assessor, me confirma que muitas pessoas ficavam deitadas naquele chão. Aviso que tenho respeito por todos os presentes e que estou ali para contar a história deles.

Estar em um lugar como este desperta minhas emoções. Se a "ciência" tivesse me pegado há uns quarenta anos, eu também estaria ali, estigmatizada e rotulada. Desde muito nova eu sinto coisas, mas tive a oportunidade de desenvolver esse meu lado de forma positiva. Será que este hospital abrigou algum semelhante que não teve a mesma sorte?

Ouço espíritos chorando de medo. Alguém bateu neles e até hoje esse sofrimento ecoa. Acalmo-os dizendo que não posso machucá-los. Eles se concentram no escuro. Como já aconteceu em outros trabalhos, sinto que os espíritos estão preocupados com a equipe que me acompanha. Asseguro que João e Dennis são de confiança, que não são profissionais da saúde e que não cuidaram deles. Estamos todos dispostos a conversar e a lhes oferecer alívio. Apresento-me e digo que todos podem ir para um lugar mais positivo.

Desde que entramos no prédio, uma mulher nos acompanha. Ela me diz que apanhava em casa. Como ainda está um pouco arredia, dou-lhe um tempo para que se sinta mais confiante e se comunique. Entendê-los é dar a paz de que precisam.

"Rosana! Rosana!", alguém me chama. Explico que, na verdade, sou a Rosa Maria.

Entro na sala que abrigou uma capela. Parece ter sido um ambiente muito bonito, que até hoje preserva vitrais coloridos com temática cristã. Grande parte do chão é tomada por uma imensa poça d'água, e um espírito me pede para cruzá-la. Nego-me e passo por um trecho seco. O *ghost meter* está inquieto. Pergunto se ali eles passavam frio, e o aparelho dispara. A pedido deles, rezo um pai-nosso e uma ave-maria. O *ghost meter* silencia.

Percebo que os contatos vêm das freiras que eram responsáveis pelo lugar. Em meio a toda a angústia, conforto-as, dizendo que elas já cumpriram suas etapas e que está na hora de seguir o caminho da luz. A mesma luz em que elas tanto acreditaram em vida, quando eram movidas pela fé. Com isso, muitas vão embora, mas uma permanece no lugar. Seu nome é Joana. Pergunto se ela quer falar algo mais. A resposta é o silêncio. Desejo que fique em paz e rumo para o próximo cômodo.

Vejo um grande painel pintado à mão que concentra muita energia. Era uma sala de recreação infantil. Alguém quer se manifestar. Pergunto se são crianças, e o *ghost meter* fica em silêncio. Indago se são pessoas responsáveis por essas crianças. Elas dizem que sim, fazendo o ponteiro do aparelho disparar. Estão presas e não conseguem sair dali. O que precisam é de condições para superar essa fase. Pergunto se têm medo de médico. A resposta é positiva.

Ouço um barulho, e o aparelho apita. Pergunto o que querem. Mais um apito. Aviso que as crianças não estão mais ali faz muitos anos. Em nossa conversa, conto que não há pacientes nem médicos e que o prédio está abandonado. A inquietude do aparelho traduz a angústia dos espíritos presos no local. Pacientemente, explico que eles precisam se desprender.

Encontro a escada que leva ao que sobrou do sótão. Subo devagar ouvindo um pedido de socorro. Essa parte está muito condenada, em ruínas. Ficar ali é arriscado para quem ainda tem um corpo material como o meu. Pergunto se tem alguém ali. Não escuto nada.

Acalmo os espíritos com uma postura otimista: explico que o lugar será reformado e que abrigará novas pessoas com novas histórias. Ao pé do ouvido, uma freira ou uma enfermeira me alerta que os pacientes não tinham permissão para ir ao local. Talvez seja por isso que sinto muito medo impregnado. Há angústia por todos os lados, de quem tratava e de quem era tratado. Os profissionais da época buscam reconhecimento por terem se dedicado tanto a um local onde passaram por momentos tão difíceis.

Além dos espíritos, há também as emoções. Decido que chamarei um padre para ajudar a confortá-los. Como o hospital era administrado por freiras, a presença de um religioso com quem possam se identificar vai ajudá-las a se libertar.

Reiteradamente, desejo que encontrem a paz e a harmonia merecidas, depois desço as escadas. O *ghost meter* dispara, demonstrando que elas estão se fortalecendo. Mesmo pedindo a Jesus, os espíritos não vão embora. Eles querem falar com Dennis, o responsável pela comunicação. Querem avisar que o local está sujo e abandonado.

A pedido deles, subo as escadas mais uma vez. Eles me pedem que eu dê voz ao sofrimento que testemunho. Explico que sou uma figura pública e que minha missão é justamente divulgar histórias como essas. Vejo, então, dois homens de branco, duas mulheres (que acredito ser uma freira e uma enfermeira) e um monte de pacientes. Eles se manifestam só agora porque ganharam confiança em nosso propósito. Querem que eu suba ao sótão para que fique em um lugar mais escuro. Isso não será possível, pois o chão está condenado e posso me machucar. De forma descontraída, lembro a eles que ainda sou matéria e que pretendo continuar assim por muito tempo. Eles entendem.

Para confirmar a credibilidade do meu *ghost meter*, passo a usar dois aparelhos simultaneamente. O desempenho de ambos é sempre o mesmo. Com eles em mãos, entro em uma sala e vejo dois enfermeiros de branco, que nos conduzem até a porta. Eu me pergunto se não seria um gesto para irmos embora.

A aceitação dos espíritos desse hospital em relação à minha presença é apenas parcial. Eles concordam em conversar comigo, mas, para rezar, pedem um padre. Ali mesmo repasso a Dennis o recado, o que faz o aparelhinho apitar sem parar, como se estivessem reafirmando o pedido. Continuo andando. Eles me acompanham, mas não estão dispostos a falar. Sofreram muito e agora estão esquecidos. É preciso respeitar, entender isso.

Durante um momento de reflexão sobre as condições do lugar, entro em uma sala com muita raiva impregnada. Nas paredes, muitos e muitos rabiscos de contagem de dias – aqueles riscos cortados como os presidiários também fazem. Em meio a tudo isso, a declaração: "Deus é um porco". Em outra sala, me deparo com frases menos profanas, mas tão inquietantes quanto a anterior: "Jesus, eu te amo" e "Jesus, meu noivo". Desenhos quase infantis retratam Cristo na cruz.

Passando perto da porta de saída, o *ghost meter* apita. É um sinal de adeus por hoje.

No dia seguinte, retomamos os trabalhos começando por uma sala que abriga a reserva técnica do hospital. Anteriormente, não tínhamos a chave do local e, do lado de fora, o aparelho apitava incansavelmente em direção à porta. Agora, já do lado de dentro, ele está em silêncio. Ando por vários cantos, mas nada é detectado, até que percebo que o dispositivo estava desligado.

Esses momentos de descontração trazem vida ao meu trabalho e mostram como tudo é dinâmico e merecedor de credibilidade. Passada a pequena gafe, ligo o *ghost meter*, que dispara instantaneamente.

Essa reserva técnica abriga muitas memórias, como quadros, fotografias e móveis de uma época não muito distante, mas bem diferente da que vivemos hoje. Alguém se manifesta por meio de um apito do aparelhinho. Pergunto se é uma freira. Recebo um silêncio como resposta. Médico? Paciente? Mais silêncio.

Ela me pede para não ser identificada e diz que morreu carente. Conforto-a dizendo que não precisa mais sofrer e que sua alma pode ser livre em outro lugar. À medida que converso, o aparelho apita cada vez mais, indicando que ela está se fortalecendo. Insisto que é preciso separar a alma do sofrimento do corpo e que a força de Deus deve prevalecer. Sua superação pode servir de exemplo a todos os outros espíritos que vagam ali. Percebo que era ela que me chamava desde ontem. Rezo um pai-nosso e ela me pede para aceitar sua religião católica. No meio dessa emoção, me revela ter sido uma freira.

Por intuição, antes de sair de casa, peguei um rosário, que mostrei como prova de minha crença em Jesus Cristo. Como ela, sou devota de corpo e alma, mesmo não tendo uma religião específica. Ela me confidencia que não imaginava se comunicar dessa forma depois de morta. Conversamos amorosamente e a incentivo a procurar a luz, rezar e servir de exemplo para as outras almas. Mas ela não vai embora. Ela não está presa ali por ser um espírito perdido, mas porque devotou grande parte de sua vida ao hospital e se sente responsável por ele, mesmo depois de morta.

Vivenciar isso tudo está sendo uma grande lição. A força desse lugar é impressionante. A pedido dela, começo a rezar todas as orações que conheço: ave-maria, salve-rainha, santo anjo e o credo. Peço desculpas por não saber rezar muito bem.

Quando moça, estudei para ser freira, mas já esqueci muita coisa. Confidencio que não fui aceita. Por mais que deseje que siga em paz, ela continua me seguindo e fazendo o *ghost meter* apitar. Ela me leva a uma pilha de fotos emolduradas cobertas por um lençol. Aviso que não posso mexer ali e que tudo será restaurado. Ela me acompanha até a porta, então me dirijo ao andar de baixo.

Entro no antigo refeitório e o *ghost meter* dispara na cabeceira de uma mesa. É uma resposta às energias misturadas e impregnadas. Ao ar livre, no jardim, mais dor e sofrimento impregnados. O grito das almas é mais forte do que a razão do ser humano, que controla e manipula. Quem tem coração aberto sente isso.

Alguns dias depois, voltamos ao prédio acompanhados por Dennis, o assessor de comunicação. Na ausência de um padre, ele, na qualidade de católico, desperta empatia nas almas que não aceitaram completamente a minha intervenção.

Dennis passa por salas e corredores aspergindo água benta. Enquanto isso, o aparelhinho dispara. Ungimos os batentes com óleo de Betânia. Então o aparelho começa a se acalmar. Vou conversando com eles enquanto, aos poucos, jogo terra de Jerusalém pelo chão.

Vamos à capela, o local em que a presença católica era mais marcante. Dennis joga água do rio Jordão e pedra do Muro das Lamentações. Os espíritos nos acompanham como se nos fiscalizassem, mas aos poucos vão se libertando.

Por fim, retornamos ao painel da sala de recreação infantil. Depois de nosso trabalho, o local também fica limpo.

Nossa missão foi cumprida. Depois de todo esse contato, sinto que sou tão louca quanto eles.

CAPÍTULO 4

HOMOSSEXUALIDADE

São muitas as histórias desse antiquário do bairro do Bixiga, tradicional ponto cultural no centro de São Paulo. Peças antigas podem carregar energias. Um exemplo é o caso de um jovem colecionador que era tão apegado aos seus móveis que, quando morreu e o material foi repassado ao antiquário, ele acabou interferindo. Foi uma enorme dificuldade vender os objetos.

Em nossa visita, somos recebidos por José Carlos, um dos proprietários. Ele nos fala um pouco sobre a história do endereço, explica que antes de ser loja de objetos antigos era um estúdio de TV.

Repito meu ritual. Ligo o *ghost meter* e peço permissões – primeiro aos donos do local, em seguida para as energias, quaisquer tipos de energias que queiram se manifestar. "Temos tranquilidade. Não estamos forçando vocês a nada, não estamos afrontando nenhum tipo de energia. Estamos aqui para sentir", explico.

Muitas vezes, não há espíritos nem fantasmas, mas energias impregnadas nas coisas. Percebo que há espíritos me pedindo para cantar. Eu não sei cantar. Prossigo explicando que não queremos afrontar nem humilhar e ofender. Não queremos nada. Só queremos que eles se manifestem. E que tenham paz.

Vejo um homem. Ele tem a expressão desfigurada, ensanguentada. Sofreu algum acidente. Foi vítima de alguma briga. Tem sangue no rosto. Ele veio porque estou aqui, porque de alguma forma está ligado a este endereço.

O ponteiro do *ghost meter* trava no ponto verde. Nunca tinha visto isso acontecer. O aparelhinho não se mexe de jeito algum, parece que algo segura o ponteiro.

Continuo a dialogar com ele. Peço que não segure assim o ponteiro do meu dispositivo. "Estou agindo com todo o respeito, então não venha mexer nas minhas coisas...", comento. "Não precisa ter medo."

O outro *ghost meter* está nas mãos do José Carlos. Mas ele não se mexeu. Notamos uma mudança brusca na temperatura. De repente salta de 18 ºC para 26 ºC. Suponho que no local haja alguém com medo. Nesse momento nosso trabalho é acompanhado pelos três sócios do antiquário, José Carlos, Leonardo e Marcos.

"Quem está aqui? É o homem do rosto ensanguentado? Se for, que pisque o aparelho."

"Com quem você quer falar? Comigo? Com o Leonardo? Com o Marcos? Com o José Carlos?"

"Você não quer atrapalhar os negócios dos guris, não é?"

Peço que se manifeste, que fale o que quer. Caso contrário, irei pedir para que ele se retire, com todo o direito que tenho, por meio deste dom que recebi de meus ancestrais.

"Você é desta casa? É de antigas gerações da casa?"

"Você é de cinquenta anos atrás? Ou mais?"

O ponteiro se mexe. Depois vai perdendo a força, enfraquecendo. Respeito. Tenho tempo, não vou machucar ninguém. Mas peço para resolvermos a questão, porque não quero deixar os proprietários com medo e insegurança.

Noto que ele prefere falar com o Leonardo, que neste momento está com o outro *ghost meter*.

"Quer conversar com Léo? O que você está dizendo?"

Ele diz que o Léo é diferente. Eu concordo. Digo que gosto do estilo do Léo, da cabeça do Léo.

"Ele tem algo que eu não tinha", afirma o espírito. "A liberdade de ser o que ele é."

Entendo e fico satisfeita. Ele prefere se comunicar pelo Leonardo justamente porque aquilo que o sufoca até hoje é o preconceito que sofreu em vida por conta de sua orientação sexual.

Pergunto se ele quer dizer algo ao Léo. "Eu queria ter a vida e a opção que você tem", responde-me.

É incrível. Alguém que deixou alguma coisa escondida dentro de sua alma. É por isso que ninguém pode dizer nada para que as almas não levem frustrações. Agora ele está ótimo, já disse o que queria dizer e vai embora em paz.

"Muito obrigado por ter vindo, ter se mostrado, ter dado o seu recado", digo.

"Quero agradecer e desejar que ele tenha paz", comenta o Léo. Completo pedindo que ele fique em paz e deixe o Leonardo viver a vida dele.

Para mim, foi uma experiência totalmente nova. O espírito de um lugar quis falar com alguém que está no lugar, justamente porque este vive o tipo de vida que ele queria ter vivido na época. É muito interessante ver personalidades em sintonia. O morto está em sintonia com o Léo.

Pergunto se ele quer se identificar. A resposta é negativa. Ele nunca pôde se assumir em vida, não quer fazer isso agora. Todos nós dizemos que o apoiamos, que se ele vivesse em nossa época não teria problemas. Nenhum de nós vai julgá-lo. Em contato com o Léo, ele pisca pelo *ghost meter*. É seu jeito de deixar um abraço. Isso salva uma alma. Ele agora se mostrou de fato. Fica uma lição de vida para nós, que tanto julgamos. Eu me emocionei ao ver um espírito sufocado.

Liberdade acima de tudo. Um recado para os vivos, para os mortos, para os preconceituosos, para os que julgam e para os que querem dominar.

CAPÍTULO 5

CASA VERDE

Há várias versões que explicam por que o bairro da zona norte de São Paulo se chama Casa Verde. A mais conhecida diz que é uma alusão a sete irmãs que nunca se casaram, e, por isso, sempre permaneceram "meninas". As Meninas da Casa Verde viveram no século XVIII e se chamavam Caetana Antonia de Toledo Lara e Moraes, Gertrudes Genebra de Toledo Rendon Freire, Joaquina Luisa Delgado de Toledo e Luna, Puqueria Leocadia Domitilla Ordonhes de Toledo, Ana Teresa de Araujo de Toledo, Maria Rosa de Toledo Rendon e a caçula Redunzinda de Toledo.

As sete eram filhas de um importante funcionário da colônia, Agostinho Delgado de Arouche, e irmãs de José Arouche de Toledo Rendon, plantador de chá nas terras onde hoje se localiza a praça da República, no centro da cidade. Elas moravam em um casarão na antiga rua do Colégio. A versão mais conhecida da história diz que verde era a cor da casa-sede da fazenda da família, localizada na margem direita do rio Tietê, entre os bairros de Santana e Freguesia do Ó – justamente a região da Casa Verde hoje. Memorialistas afirmam que as irmãs eram estéreis.

É ali que vive, em uma casa assobradada, a família Honório, atormentada por barulhos de todos os tipos. Depois de conversar com os moradores, começo a inspecionar a casa, munida do *ghost meter*. Deixo outro aparelho na mão de Walter da Silva Honório, que me parece ser o mais sensitivo deles. Ele me conta que tem tido dificuldades por causa dos espíritos. Ouve móveis sendo arrastados no meio da noite, acorda com gemidos, encontra tudo bagunçado.

E é possível perceber que é com ele que os espíritos querem conversar. Enquanto meu *ghost meter* permanece em silêncio, o que está com ele toca, mesmo quando apontamos para a mesma direção.

Começo a acalmar os espíritos. Explico que vamos ajudá-los a se organizar, mas que eles também precisam colaborar. E que à noite todos necessitam dormir.

"É espírito de parente?", pergunto. "Você está cansado?"

A resposta é positiva. Diz que está cansado da indiferença. Pede uma oração. Que a oração seja feita por Walter. Certo, ele vai rezar. Digo que não tenho medo e que estou lá para fazer as coisas que Deus me deu permissão. Não tenho medo de coisas criadas e feitas pelo homem. Quero a verdade. E que se for para atrapalhar, que volte para o lugar de onde veio.

Rezamos um pai-nosso. O espírito se acalma e vai embora. Queria essa sintonia, atingida pela oração.

Neste caso, Walter é o paranormal. Ele está em aberto, eu fui ali apenas para dar suporte. Explico a ele que vejo sem precisar de aparelho e que agora ele também precisa ter essa experiência para conseguir se organizar. Sei que após essa vivência ele vai buscar conhecimento, leituras. Vai conseguir desenvolver seu potencial e conversar com os espíritos. É um radar, como se fosse uma janela aberta. Entra vento, entra poeira, entra chuva. No meu caso, lhe explico, nem uma janela aberta é, pois não há paredes.

Consigo perceber a sintonia dos espíritos, a vontade de vencer. A leitura que faço é totalmente diferente da dos racionais e emocionais. E o interessante é que já percebia essa energia antes mesmo de chegar à casa. Na esquina, um espírito já me chamava.

"Quem é que foi morto aqui perto?"

Eles me contam que um andarilho foi assassinado ali. Ele queria paz, pois foi morto inocentemente. Depois de nossa conversa, foi embora. É simples, não precisa complicar: basta dar a ele o conforto de que precisa, e ele parte.

Walter me conta que a situação na casa tem ficado cada vez pior. "Ninguém auxilia a gente, está virando uma bola de neve", admite.

Explico que a energia da avó dele está muito presente na casa. Ela gostava de rosas e tinha um trejeito na boca. Era muito boa, mas exigente e extremamente rígida. Era branco no branco, preto no preto.

"E agora ela quer que você organize a sua vida. Está incomodada com isso."

Também sinto o avô dele. Era um sujeito meio surdo, teimoso. Não gostava muito de banho. Tinha o tique de ficar sacudindo o pé. Os espíritos que estão ali não querem incomodar, prejudicar ninguém. Querem que a família se organize e viva bem.

Walter começa a se lembrar de que essa sua aptidão para perceber os espíritos vem desde quando era pequeno. "Teve uma vez que vi uma mulher de tamanco passeando pelo corredor", relata. "Mas ultimamente está demais. Não consigo mais dormir."

Pergunto aos espíritos se a sensibilidade do Walter os incomoda. Digo a eles que não posso tirar esse dom dele, que nenhum ser humano é capaz, que é algo que ele tem e que sempre estará com ele. Com o tempo, ele vai aprender a administrar isso, lidar melhor com essas forças.

Para ajudá-lo, sugiro que ele dê um nome ao que vê e sente. Ele prefere chamar de entidade. Há pessoas que dão o nome de força, de mestre. Mas a escolha cabe a cada um.

"De hoje em diante, Walter precisa se comunicar com a entidade, com este nome, para que ambos se aceitem."

CAPÍTULO 6

FARRAPOS

Ao pensar nesta investigação muitos anos depois, entendi o aprendizado que ela me trouxe. Naquela época, ainda não tínhamos equipamentos de filmagem modernos e essa defasagem, não raro, prejudicava a documentação do meu trabalho. Mas sempre agi confiando na minha sensibilidade e, acima de tudo, no respeito que nutro pelos sentimentos e pela memória dos espíritos que, com generosidade, se comunicam comigo. De forma curiosa, atribuo o sucesso deste caso justamente ao fato de eles não terem se comunicado comigo.

Gaúcha que sou, sempre tive contato com as memórias da Revolução Farroupilha, travada de 1835 a 1845. Resumidamente, esse conflito colocou de um lado o povo da província de São Pedro do Rio Grande do Sul, que buscava maior autonomia, contra o governo imperial. Ao fim, o primeiro grupo saiu vitorioso e o estado do Rio Grande do Sul foi criado. Um dos palcos da batalha foi a cidade de Triunfo, onde nasceu Bento Gonçalves (1788-1847), um dos maiores líderes da revolução.

Tenho muita sorte de ser bem recebida nos locais em que trabalho. Dessa vez não foi diferente e quem nos fez companhia durante a investigação foi Silvia Helena Roth Volkweis, secretária de Turismo e Cultura de Triunfo. Silvia é bastante sensível a energias e já vinha tendo contatos com alguns espíritos da cidade. Isso ajudou a adiantar pesquisas que sempre fazemos antes de iniciar qualquer trabalho.

Primeiramente, fomos à sede da Secretaria de Turismo e Cultura, uma casa erguida no final do século XIX. Não há registros precisos de quando foi construída nem de seus primeiros donos, mas o que se sabe é que ela abrigou escravos em uma senzala anexa, que foi preservada. Os funcionários da Secretaria ouvem com frequência passos subindo e descendo escadas, portas rangendo e, na antiga senzala, barulhos de ferros sendo arrastados.

Exploro o local de dia, durante seu horário de funcionamento. Esse contato inicial é importante para conhecer a planta, a história e também os aparelhos eletrônicos que podem interferir no *ghost meter*. Quando nos aproximamos de lâmpadas, tomadas e caixas de luz energizadas, é natural que o aparelho apite, já que há campos eletromagnéticos de origem humana. Isso nos ajuda a, no auge da investigação, entender a natureza de cada manifestação. E é durante a noite que os espíritos mais aparecem. Quando há muita luz ou movimento, eles se recolhem e a comunicação fica menos provável.

Na Secretaria está temporariamente abrigado um material histórico muito importante: o acervo da casa que foi de Bento Gonçalves. É um recorte muito interessante do universo gaúcho. Além de relíquias da Revolução Farroupilha, há também objetos de origem indígena e instrumentos de tortura do período da escravidão.

Outros pontos da cidade guardam histórias de espíritos, como a Cruz das Almas, uma região atualmente tomada por um açude, que foi palco de uma batalha sangrenta na época dos Farrapos. No verão, a água fica avermelhada e um cheiro forte exala do local. Moradores relatam aparições, então fomos investigar do que se tratava. O *ghost meter* mostra um contato bem tímido, com poucas oscilações. Pergunto se eles estão quietos por não quererem que eu remexa a história. A resposta me sensibiliza: eles têm vergonha de terem morrido derrotados e não querem que eu vá embora. Estão muito sujos, mal percebe-se que já foram soldados. Como dizem terem saído derrotados, concluo que pertenciam ao exército imperial. Explico que eles deram a vida pelo que acreditaram e que isso não era derrota. Não cabe a nós, mais de 170 anos depois, julgar se o posicionamento deles estava certo ou errado.

Mas as manifestações estão muito tímidas e concluo que não há o que ajudar ali. Os espíritos não estão precisando de mim. Converso com uma moradora e digo que, se um dia os fenômenos aumentarem, talvez eles estejam, finalmente, buscando um contato. Eu disse que os ajudaria no que fosse possível.

Anoiteceu e voltamos para a sede da Secretaria de Turismo e Cultura. Como sempre, antes de qualquer tentativa de contato, peço permissão às energias, explico as minhas intenções do bem e dou abertura para que se manifestem. Conto com a companhia da Silvia, que conhece bem o local e os objetos.

Entro em uma das salas do acervo e vejo muitos espíritos, mas nenhum ávido por se comunicar.

Sinto muita morte e sofrimento. As emoções negativas ficam impregnadas em roupas, objetos e ambientes por uma razão simples: quando estamos felizes, nossa energia se dissipa. É só reparar como nos comportamos quando estamos eufóricos. Quando estamos tristes, ficamos introvertidos. E a energia fica ali, parada.

Conforme vou conversando e me apresentando, sinto que os espíritos ganham um pouco mais de força para se comunicar. Até que, bem atrás da Silvia, um fuzil se mexe sozinho e quase cai no chão. Ela fica nervosa e começa a conversar com os espíritos. Diz que sempre os tratou com respeito e que não merecia essa abordagem ríspida. Explico que não se trata de uma comunicação agressiva. Precisamos lembrar que ali estão homens das Forças Armadas que nem sempre se comunicam com delicadeza. Precisamos entender o contexto dos espíritos que se abrem para nós. Se bem interpretadas, outras épocas e culturas podem nos render experiências muito ricas.

Perguntamos se foi Bento Gonçalves quem se manifestou e o *ghost meter* fica em silêncio. Mas ele oscila quando Silvia pergunta se quem está ali é um militar chamado sargento Caldeira. A cumplicidade dos dois é antiga. Silvia diz senti-lo, mas ele está quieto. Posso ver a devoção dessa mulher à história, a ponto de ter conquistado a confiança dos espíritos que não consegui sentir naquele momento. Ela chega a ficar um pouco constrangida, como se estivesse roubando o meu papel. Explico que a conexão é dela, merecidamente conseguida por meio do trabalho que ela vinha fazendo pela cidade. Cada uma de nós tem seu mérito.

Eles me dizem que estou fazendo pressão e que não estou lhes dando tempo de lidar com a visita. Peço desculpas e continuo a explorar o local, sem forçar contato. Passo por paredes, fotos, armários e objetos, mas o *ghost meter* tem uma reação tímida.

Resolvo ir para a senzala em busca de algum contato mais consistente. Peço licença e permissão para explorar o lugar. Sinto-me muito atordoada, sem rumo. Os espíritos estão me transmitindo o que eles sentiam. É tudo muito pesado. O aparelho reage, e esperamos que tenham força. Converso com eles, reconhecendo todo o sofrimento pelo qual passaram. Muitos estavam longe de suas famílias e até de sua terra natal. Eles me dizem que eram presos às paredes, o que a Silvia prontamente me confirma. A senzala faz com que eu me sinta muito mal e preciso sair de lá.

Já do lado de fora, Silvia me conta que mantém contato regular com dois pretos velhos: Pai João e Pai José. Visivelmente em choque, ela me diz que os dois estavam bravos por ela ter levado à senzala, sem comunicado prévio, pessoas desconhecidas. Eles não iriam conversar, só se manifestar brevemente por se sentirem desrespeitados. Fomos embora para acatar o desejo deles. Nunca mais voltamos a esse trabalho.

Este caso é interessante por ter sido um aprendizado em relação à falta de comunicação. Não podemos obrigar um espírito a se manifestar. Ele aparece quando quer e, principalmente, quando se sente à vontade. Mesmo com poucos sinais e baixa interação, conseguimos traçar o perfil das energias do local e entender que, naquele momento, nossa presença não era necessária para a harmonia do lugar.

No entanto, um sinal de que havia uma sintonia, por mais sutil que fosse, apareceu para mim agora, anos depois, quando resgato minhas memórias. Inconscientemente, durante a visita, usei um penteado antigo, uma trança bem solta. De uma forma ou de outra, consegui captar e vivenciar uma atitude do passado, do tempo em que os escravos viviam naquela senzala, quando a casa não era um museu e os fuzis matavam revolucionários e imperialistas. Foi a minha conexão não verbal com esse pedaço da nossa história.

CAPÍTULO 7

SOMBRAS ANTEPASSADAS

Uma questão pessoal pode transcender gerações e interferir na vida de várias pessoas. Durante uma investigação em um museu na cidade de Mauá, na região metropolitana de São Paulo, soube de um caso muito interessante de uma família de Ribeirão Pires, que também fica na Grande São Paulo: os moradores de uma casa constantemente viam sombras e pessoas e isso lhes causava grande aflição. Um dia, algo terrível aconteceu. Uma das mulheres da família, em um surto, ateou fogo ao próprio corpo, vindo a falecer no hospital depois de muito sofrimento.

As coisas começaram a se encaixar, já que dois meses antes algo havia me chamado para Ribeirão Pires. Eu e João observamos a cidade no mapa, avaliamos a distância e simplesmente concluímos que o deslocamento não compensava, afinal, não tínhamos um caso concreto. Mas, depois que escutamos em Mauá a história da família, completamos o quebra-cabeças e entendemos a missão.

Rumamos, então, para Ribeirão Pires com o intuito de entender melhor a situação e tentar levar a essa família apoio, informação e, acima de tudo, paz. Quem nos recebeu foi Conceição Bittener, a dona da casa. Ela é filha da senhora Laura, a que morreu queimada. Ambas as mulheres e seus parentes próximos carregam muito sofrimento. De origem simples, Conceição testemunhou grandes tragédias na família: um tio morreu misteriosamente no meio do mato; outro tio, de acidente de carro; além da mãe, seu pai também morreu queimado quando ela era muito pequena; dois primos foram assassinados; e muitos parentes tiveram a vida ceifada ainda jovens, vítimas de tragédias ou acometidos por doenças variadas.

Pela casa, acumulam-se fenômenos. De copos que voam a uma mulher que aparece de olhos arregalados no banheiro. Não bastassem esses transtornos, a família convive com o estigma de serem loucos e perigosos. Vamos resolver isso.

Uma boa investigação paranormal se empenha em vasculhar ambientes, abrir um canal de contato e tentar fazer com que mortos e vivos tenham, finalmente, paz. Mas não é só isso. É essencial entender o contexto que motivou nossa visita. Quem são as pessoas que moram ali hoje? Como é seu histórico familiar? O que era o terreno antes de ser a casa atual? Alguma questão ficou mal resolvida?

E foi justamente nesse ponto que comecei a entender as raízes desse caso. Alguém estava pedindo justiça – à custa da paz de uma família inteira. Enquanto me preparava para visitar a cidade, uma voz me alertava para não seguir em frente, pois eu estaria indo diretamente para o inferno.

"Meu avô, antes de eu nascer, matou uma pessoa. Simplesmente por ela ser negra e cega", me conta Conceição. A conduta, evidentemente, causou grande revolta na sociedade da época, fazendo com que ele fosse preso.

Estava ali a origem dos fenômenos. Sentadas na varanda da casa, conversamos muito sobre a família, a atitude condenável do antepassado e como seus filhos adolescentes lidam com essa situação de desequilíbrio. Claramente, todos eles precisam de paz e de segurança para, no limite de suas próprias convicções religiosas, resolver uma questão que nem é deles.

Equipes de televisão já visitaram o local, religiosos de todos os credos tentaram intervir. Um padre, com um categórico "Deus me livre", se recusou a ajudá-los por medo de morrer. Agora era nossa vez. Sem sensacionalismo, precisávamos ajudar.

Logo de imediato senti empatia pela família. Eram pessoas muito boas que precisavam de paz para seguir em frente. Todos estão pagando um preço alto por algo que não fizeram e é minha missão ajudá-los. Explico o nosso trabalho e o que esperamos alcançar.

"Minha mãe não era desequilibrada, apenas sensitiva", comenta Conceição. Sobre o incêndio que a matou, ela conta mais. Um dia, dona Laura teve um surto, pegou seu neto, ainda criança, no colo e correu para casa. Pessoas próximas conseguiram tirar a criança de seus braços, mas a mulher ateou fogo ao imóvel e ao próprio corpo. Toda queimada, foi levada ao hospital, onde agonizou por cerca de um mês até morrer. "Ela jurava não ter sido a causadora do incêndio", diz. Nós duas concordamos que dona Laura não tinha provocado a própria morte.

Motivada pela necessidade de levar paz a essas pessoas, começo o meu trabalho de reconhecimento espiritual dos arredores. Ainda é dia claro, portanto é normal que o *ghost meter* fique tímido. Mas, ainda fora da casa, começamos a detectar os primeiros sinais de energia, justamente no local em que dona Laura fora socorrida durante o incêndio.

Damos um tempo para recarregar as energias – a dos aparelhos e a nossa. Em casa, dormi como uma pedra e acordamos para voltar à cidade e prosseguir com as investigações durante a noite. Só de sentar no sofá da Conceição, me veio de novo um cansaço físico arrebatador.

Na sala, converso com Alex Bittener Sampaio, o filho adolescente de Conceição. Ele toca guitarra e o *ghost meter* apita quando apontado para sua mão direita. É o seu dom musical latente. O menino é muito educado e atencioso comigo, mas se mostra cético em relação ao caso. No entanto, ele é uma figura muito especial para a família. Bastante apegado à avó, era ele a criança que ela carregava quando estava prestes a colocar fogo no corpo.

Durante a conversa, vejo uma mulher sentada, de pernas cruzadas, balançando o pé como um tique nervoso. Conceição me confirma que essa era uma mania constante de sua mãe. Ela também vira a cabeça de um lado para o outro, com uma postura impaciente, como a que tinha em vida. O neto fica desconfortável com a situação e, meio que de brincadeira, tenta contato. Mas cada um tem seu dom; o dele está ligado à música, não à mediunidade.

Apagamos as luzes para facilitar o contato. O *ghost meter* passa a apitar incansavelmente. Converso bastante com dona Laura e explico que, mesmo ela sendo parente, os moradores têm medo. Ela precisa se acalmar. Explico que ela é uma pessoa do bem e muito respeitada, mas que precisa ir embora. Dona Laura me confidencia que morreu com fome. Conceição confirma que, quando estava hospitalizada, pediu uma pera ao filho, que não a levou para ela. "Sou aquela que morreu com fome", insiste dona Laura.

Pego na mão de Conceição e reafirmamos que ela é muito amada, mas que precisa partir. Dona Laura conta que sentia e ouvia coisas. Sou solidária a ela e me comprometo que a família se encarregará das orações para perdoá-la e garantir sua paz. Ela não precisa mais sofrer.

A família é católica, então rezamos um pai-nosso. O *ghost meter* apita como uma forma de despedida. O neto se aproxima com o outro aparelho em mãos. O dele apita e o meu fica em silêncio, simbolizando a grande relação que eles tinham no passado. Mas a maior materialização desse afeto ainda estava por vir.

Durante nosso trabalho, usamos câmeras comuns e de visão noturna, para conseguir documentar todos os detalhes da investigação. O cinema difundiu contatos espirituais por meio de interferências em fitas de vídeo. De fato, esse tipo de contato pode, sim, acontecer, mas muitas vezes é refutado com o argumento de que podem ser apenas defeitos na fita magnética. No entanto, com a modernização dos equipamentos, trabalhamos apenas com câmeras digitais, que gravam tudo em discos rígidos ou em cartões de memória. Além das vantagens que todos os cinegrafistas – amadores ou não – conhecem, nosso trabalho conta com uma segurança a mais de que o que é filmado realmente aconteceu e não foi resultado de uma fita com defeito.

Enquanto converso com o neto sobre a sua relação com a avó, a câmera de visão noturna sofre uma interferência que distorce a imagem e faz um ruído desconcertante. Reproduzindo o vídeo em câmera lenta, vemos, entre mim e o neto, um braço com a manga arregaçada. É impressionante. Chegamos a levar a imagem a um operador audiovisual experiente, que nos confirmou ser tecnicamente impossível um defeito desse tipo acontecer em um cartão digital. Estávamos incomodando.

O neto se despede da avó e pede que ela vá embora. A neta faz o mesmo. Voltamos à sala. Dona Laura me descreve coisas do tempo em que era viva – os móveis, os degraus e as fechaduras. Ela está se recordando da casa de sua época. Vejo, também, um tio, que a família identifica pela mania de ajeitar as calças e de mexer os pés. Mas sua aparição é pacífica, apenas para contar que está bem.

Eles me perguntam sobre Renata, uma prima que havia morrido quinze dias antes, depois de padecer por três anos vítima de um câncer. Conceição me faz uma pergunta que parece lhe atormentar desde o dia de sua morte: "Ela pediu para morrer mesmo?". Eu a consolo, dizendo que a prima está bem e que a doença foi implacável.

A família começa a me perguntar sobre vários parentes que já morreram. Consigo contato com alguns, mas não com todos. Conceição perdeu um filho ainda bebê e me pergunta se consigo vê-lo. Explico que, quando morrem muito novas, as crianças viram anjos e vão direto para o céu. Seu marido me pergunta se eu consigo saber o motivo de sua morte – mas não sei dizer, pois não é possível manter contato com ele.

Passo a sentir uma dor de cabeça muito forte, que é apenas reflexo das crises de enxaqueca que Celso, o marido de Conceição, sofre. Ele já fez vários exames clínicos, que nunca acusaram qualquer doença. Seu problema são as interferências espirituais.

Os espíritos mal-intencionados ficam quietos na minha presença. Convido-os a se manifestarem, mas estão tímidos. Chego a ficar indignada, digo que isso é covardia. O silêncio prevalece. Afirmo que vou voltar quantas vezes for preciso. Acredito muito nos espíritos e não aceito que isso possa prejudicar as pessoas.

Dona Laura ainda está na sala conosco. Peço que ela siga seu caminho de luz, que coloque em prática seu amor de mãe. Ela não pode perpetuar o legado negativo deixado pelo pai. Ela reafirma que não se matou em sã consciência e que não iria matar seu neto.

Queria machucá-lo, sim, mas não matá-lo.

Ela pede perdão. E chora.

Vejo uma senhora de coque, que Conceição prontamente identifica como sua cunhada Rosa, uma pessoa muito querida que recebeu muita ajuda de dona Laura ao fim de sua vida. Ela veste uma camiseta branca surrada, calça curta e sapatos tortos, roupas que usava muito em vida. Conceição tem uma foto dela vestida assim. Encerramos as investigações e vamos embora com o dever cumprido, pelo menos quanto à presença da dona Laura.

Foi apenas quando assistimos às filmagens que notamos a interferência na câmera de visão noturna. Não podíamos deixar de mostrá-la à família. Voltamos ao local e mais uma vez senti aquele cansaço arrebatador. Ainda restam algumas coisas pendentes. A casa não ficou completamente limpa em termos energéticos. O *ghost meter* não apita como antes, mas ainda se manifesta levemente. Vamos voltar quantas vezes forem necessárias.

Sentamos no sofá e, com um notebook, exibimos o fenômeno. Enquanto a família assiste, surpresa, o *ghost meter* apita, nos lembrando de que ainda há o que ser feito.

Pergunto quem está presente. Ele me diz ser um homem da família. "É Eduardo, o avô?", digo. Silêncio. "É o homem morto pelo Eduardo?" Mais silêncio. Vejo a energia na sala, mas não consigo determinar quem é. Sei apenas que era um homem que gostava muito de andar a pé e de provocar os outros. A família sugere vários nomes de homens conhecidos, sem nenhuma confirmação. Afirmo que, seja quem for, a presença não é boa e deve acabar. Vejo, brevemente, uma mulher de cabelo curto. Ela morreu na casa e parece não ter relação com os moradores atuais.

Encerro o nosso segundo encontro reforçando minhas orientações para que a família reze, pratique mais a própria fé, sem precisar recorrer à fé dos outros. Eles precisam se unir em amor e respeito. Além disso, precisam buscar apoio médico e psicológico e canalizar seus potenciais em coisas boas.

O caso dessa família é um exemplo de como palpites – às vezes até bem-intencionados – podem aumentar a angústia e prestar um desserviço a pessoas que não têm acesso a informações corretas. Religiões diferentes lidam de formas diferentes com fenômenos paranormais e, se a pessoa está vulnerável, a sensação de não ter em quem confiar fará sua angústia aumentar. Nesse momento, é muito importante se agarrar à sua religião, não importa qual, para ter uma coerência no processo de libertação. Respeito todas as religiões, mas prego, acima de tudo, o respeito ao ser humano. Depois de morto a gente se encontra.

CAPÍTULO 8

CRUZEIRO

"Rezemos pelas almas que estão sofrendo no purgatório. Tende compaixão delas." É assim que o Cemitério Municipal de Diadema, na região metropolitana de São Paulo, nos dá as boas-vindas. E é com essa filosofia que iniciamos nosso trabalho.

Quem nos recebe é Damião Pereira, coordenador do cemitério. Ele trabalha ali há 29 anos. Construído em 1960, o local ainda está ativo e é dividido em sepulturas perpétuas, ossários, sepulturas verticais e um gramado, onde antigamente ficava outro ossário. À época de minha visita, esse setor estava sendo preparado para se tornar o Memorial da Saudade, local em que seriam depositadas as cinzas de ossos não reclamados.

Como de costume, fazemos um reconhecimento da área ainda de dia, quando, geralmente, as atividades eletromagnéticas dos espíritos são silenciosas. Porém, nesse caso foi diferente. Conforme caminho, o *ghost meter* indica forte presença de espíritos, mesmo para um cemitério. A energia é muito forte, e fico ansiosa para começar. Amo meu trabalho e gosto, especialmente, de visitar cemitérios. São nesses momentos em que me sinto realizada e motivada e não me imagino fazendo outra coisa.

Vamos dividir nossa visita em dois dias em função da chuva, obstáculo muito comum na vida de quem trabalha ao ar livre. Como a previsão do tempo não é animadora, decidimos que nosso trabalho pesado será feito em outra noite. Mas não posso sair sem fazer uma oração por aqueles que, generosamente, já estão se manifestando para mim. Ali, no Memorial da Saudade, rezamos um pai-nosso e uma ave-maria.

Damião, o funcionário que me apresentou o local, conta que já viu algumas movimentações inusitadas. Sempre morou em frente ao cemitério e, quando criança, seu pai trabalhava de guarda ali. Ele e o irmão eram encarregados de lhe levar marmita, o que era sempre motivo de medo. Mal podia imaginar que construiria sua carreira no lugar. Já adulto, viu pessoas em situações estranhas, como uma criança perdida perguntando pelo velório da avó e um jovem bem-vestido no alto do prédio do cemitério vertical. Olhando com cuidado, julgou ser impossível alguém subir tão alto. Vasculhou o terreno à procura do homem, mas não o encontrou. E, quanto à criança que procurava pela avó, bem, Damião, intrigado, foi investigar e constatou que naquele dia não havia nenhum velório de senhora idosa.

Sugiro que ele faça suas orações e peça proteção ao anjo da guarda. E – é o que sempre recomendo –, se você vê espíritos, encare isso como um dom, não tenha medo dele nem negue sua existência. Se você não tem esse dom, respeite quem tem.

Muita coisa acontece ainda à luz do dia e me sinto zonza. Encerro o reconhecimento para voltar outra noite. Começa a chover.

Quando retornamos, começamos com os protocolos de costume: peço licença com todo o respeito que a terra santa dos mortos merece. Digo que não vamos forçar qualquer tipo de comunicação e que não queremos nada em troca. De imediato, sinto falta de ar. É a dor da saudade e daqueles que não compreendem o processo de partida. É angustiante. Tento acalmá-los, dizendo que não estou ali para atrapalhar. Com isso, o *ghost meter* se agita e a figura de um guardião do cemitério se apresenta. Na verdade, é uma energia coletiva impregnada no local. Muitos e muitos espíritos já passaram por ali e é natural que o cemitério ecoe essa vibração. Esse guardião me acompanha durante a visita toda.

Alguém próximo a um prefeito de Diadema se manifesta. É uma mulher que, em vida, usou uma cadeira de rodas. Um funcionário que me acompanha confirma ser uma antiga primeira-dama, que ficou acamada por muito tempo e foi enterrada ali. Rezo por ela.

Caminho pelo cemitério conversando com os mortos para que eles confiem em meu trabalho e se sintam à vontade para se expressar. O *ghost meter* vai se aquecendo, mostrando cada vez mais atividade eletromagnética. De repente, o aparelho vai ao índice máximo, apitando insistentemente.

Eles estão me levando ao Memorial da Saudade, o local de descanso de muitos.

Estão agitados, querem conversar. Um está contrariado com a minha presença. Demonstro meu amor e meu respeito e canto hinos. Não se pode xingar nem afrontar um espírito. Devem ser tratados com tranquilidade, sem ameaças, da forma como deveríamos tratar nossos semelhantes vivos.

Há baratas, lodo e sujeira pelo caminho. O breu é total. Nesse cenário, preciso ter cuidado por onde piso.

Um dos vivos que me acompanha é Leandro Ribeiro, um auxiliar administrativo do cemitério, atencioso e que tem muito carinho pelo lugar. Nas mãos dele, o *ghost meter* está ainda mais agitado do que nas minhas. É a materialização do relacionamento respeitoso que ele tem com os que estão ali.

Entro em uma seção chamada cruzeiro, uma espécie de tanque em forma de cruz para que visitantes acendam velas e façam suas orações. Acendo a minha e peço para que todos sigam a luz. No mesmo recinto, há uma escadinha, na qual vejo um homem sentado. Tento conversar, mas ele só quer o silêncio.

Os espíritos pedem que eu faça visitas frequentes ao cemitério. "Não moro na cidade. Não posso fazer essa promessa", respondo. "Mas assumimos o compromisso de que Leandro fará orações periódicas." Ele diz que já faz isso uma vez por semana, o que explica o canal de comunicação construído entre eles. Todos temos uma missão na vida. Algumas são grandiosas e reconhecidas de forma ampla, mas todas são igualmente nobres e importantes. No caso do Leandro, sua missão é ajudar os mortos dali.

Pergunto aos espíritos se eles encontraram a paz e fico feliz com a resposta positiva. Eles, no entanto, acham nossa presença estranha. Afinal, há a presença de muita gente em um horário incomum. Leandro intervém. "Está tudo bem", ele diz. É curioso o fato de eu não ver nenhum espírito de índole ruim.

Paro tudo e começo a chorar. Vejo meu bisavô, Joaquim. Ele veio cuidar de mim, e isso me deixa muito tocada. Vaidosa, confesso que fiquei aliviada por não ter saído de casa maquiada. Respiro fundo, me recomponho e sigo o meu trabalho.

Volto à seção cruzeiro para me despedir do espírito do degrau. O *ghost meter* está quieto. Com essa experiência muito forte, sinto que já dei meu recado e que é hora de partir. O *ghost meter* se cala em um claro sinal de que os espíritos seguiram o caminho da luz. Peço que cada membro da equipe faça uma prece dentro do que acredita.

Mais tarde, vendo as filmagens de nossa expedição, tenho mais uma surpresa. No degrau perto do cruzeiro, posicionamos uma câmera de visão noturna com sensor de movimento. Em um dado momento, em que não havia ninguém no recinto, o aparelho filmou um feixe de luz passando em frente a uma meia parede de azulejo.

Muitas vezes captamos fenômenos interessantes, mas não o divulgamos por não conseguirmos descartar, com certeza absoluta, a existência de interferências terrenas, como fontes de luz ou pontos de energia elétrica. Porém, nesse caso, João e eu cuidadosamente descartamos qualquer tipo de fator humano. No ângulo em que a luz se manifestou, não havia qualquer possibilidade de reflexos de velas ou de iluminação provocada por nossa equipe.

Essa anomalia luminosa foi detectada em 2012, quatro anos antes de eu escrever estas minhas memórias. Olhando agora, com mais vivência e experiência em investigações pelo Brasil inteiro, consigo dizer com mais propriedade do que isso se trata. O fenômeno se deu aos pés do cruzeiro, um local muito simbólico, pois é onde se acendem velas aos mortos para que encontrem a luz. O que flagramos pode ter sido um portal energético se abrindo para que os espíritos seguissem seu caminho.

Mesmo depois de muitos anos, algumas investigações são complementadas com novas descobertas. Com a experiência que acumulamos, podemos revisitar um fenômeno com calma e maturidade. Assim, nossa credibilidade vai ficando mais sólida. Não somos amadores ou sensacionalistas que tentam, a qualquer custo, explicar algo que às vezes é novo até para nós mesmos. Agimos sempre com seriedade e respeito, tanto pelos mortos que se comunicam conosco quanto pelos vivos que procuram nossas respostas.

CAPÍTULO 9

ESTRANHOS NA NOITE

As noites nunca mais foram calmas na sede do Pirituba Futebol Clube, agremiação social e esportiva fundada em 1º de janeiro de 1920, no bairro homônimo, situado na zona norte da cidade de São Paulo.

Baaaam. São as portas dos banheiros batendo sozinhas, onde não há correntes de ar que possam servir de justificativa.

Au, au, au. Um cachorro preto, que não existe, caminha, rosna, late e corre pelo estacionamento – depois, desaparece.

Splash. Tibum. Não existe mais piscina no clube há alguns anos, mas os sons denunciam que no terreno onde antes ficavam as duas – a maior, para adultos, e a menor, infantil –, a farra na água ainda é animada.

Rec. Sssssss. Cadeiras são arrastadas. Será o início de uma festa? Ou uma reunião?

"E, acredite, basta apagar a luz da sala onde fica a mesa de sinuca para o jogo começar", me conta Elaine Cristina dos Santos Zuchini, que administra o clube ao lado do marido, Vanderlei Tadeu Lopes. O que se ouve é uma "partida clássica" – o estrondo característico das bolas, alinhadas, sendo "estouradas" por um jogador. E, em seguida, os renitentes sons das bolas sendo atingidas pelos tacos, umas sendo encaçapadas, outras não. "E isso tudo sem que as bolas estejam sobre a mesa", completa Vanderlei.

Também tem a história de um funcionário que, quando está sozinho ouvindo rádio, percebe seu nome sendo chamado entre uma música e outra. Enfim, com quase cem anos de história, o Pirituba carrega gerações. São sedimentos, vivências sobrepostas de muita gente que passou parte da existência ali.

Soubemos desses acontecimentos por e-mail. Elaine conta que assistiu a alguns vídeos no nosso canal, pesquisou sobre a seriedade do nosso trabalho e, incomodada com a situação que experimentava há anos, diariamente, resolveu entrar em contato.

Vanderlei parece mais descrente, menos sensível aos fenômenos e ao nosso trabalho. Elaine, por outro lado, é do tipo que consegue, a seu modo, interagir com os espíritos. Como sempre digo, isso faz parte de cada um. É um dom. Em alguns, é mais desenvolvido; em outros, tem manifestação mais sutil.

Eles me contam que o clube já teve seus dias de glória. "Era ponto de encontro da alta sociedade aqui do bairro", orgulha-se a administradora. A sala de troféus é prova de que o passado esportivo também foi rico. "E, antigamente, aqui havia shows importantes. Fábio Jr. já se apresentou neste clube. Legião Urbana, também", exemplifica Elaine.

Não se pode deixar uma história dessas morrer, eu concordo. E eles me explicam que isso estava prestes a acontecer. Os associados começaram a minguar, a frequência e as mensalidades, a diminuir. E veio a crise – exatamente igual, aliás, ao que ocorre em muitos clubes de bairro hoje em dia. Com a especulação imobiliária, já estava certo de que uma grande construtora compraria o terreno e ergueria um conjunto de espigões.

Vanderlei não queria deixar isso acontecer. Sua ligação com o clube é umbilical. "Nasci aqui", me conta o homem, com seu jeitão de poucas palavras. Sua mãe morava numa casa vizinha ao clube, então ele cresceu brincando e jogando bola ali. Foi para salvar o Pirituba que ele e a mulher resolveram arregaçar as mangas e se tornaram os seus administradores.

No trabalho de recuperação, eles encontraram o retrato de um senhor imponente, mas de sorriso esquisito. "Não sabemos quem é, mas julgamos ser o fundador do Pirituba", comenta Elaine. Não sabem nem sequer o nome do sujeito, mas trataram de tirar a poeira do retrato e de colocá-lo na parede. Quando sobrar um pouco de dinheiro no caixa, planejam restaurá-lo e colocá-lo em local de honra na sede.

Por enquanto, a figura do Senhor Fundador fica em uma sala cheia de quinquilharias a que eles querem dar fim. Há máquinas de escrever, um telex, um velho cofre vazio e uma porção de coisas em desuso. Percebo que o velho homem ainda está ali. Aponto o *ghost meter*, que confirma o que sinto.

Está contrariado. Não quer que mexam em suas coisas. "Pergunte o nome dele", me pede Elaine. Mas ele não quer falar. Peço permissão para que os administradores arrumem a sala. "Você precisa respeitar a sua época, que foi outra época. Agora é hora de partir, encontrar o seu caminho e deixar este espaço para ser organizado dentro desta época", digo a ele. "Cada tempo é um tempo. Como era na época de vocês, este clube não vai mais ser. Mas é preciso que vocês deixem o espaço livre para eles trabalharem."

Explico que aqueles itens vão ser retirados dali. Com respeito, serão encaminhados ou para um museu ou para um ferro-velho ou ainda para uma loja de antiguidades. Ele parece aceitar e me libera.

Enquanto caminhamos pelas dependências do Pirituba, Elaine conta mais histórias. "Na véspera de Natal, eu estava apagando as luzes dos enfeites – sabe como é, a gente fica com medo de deixar as coisas ligadas e dar um curto-circuito e pegar fogo em tudo – e senti a presença de crianças me pedindo para não desligá-las", diz ela, que assentiu. "Foi meu presente de Natal para elas." O mesmo acontece com decorações de festas. Os espíritos das crianças pedem que as bexigas sejam deixadas para elas brincarem.

No banheiro feminino, percebo que uma delas está brincando de esconde-esconde. Busco interação e tento encaminhá-la. Elaine entra na conversa. "Chame seus amigos para brincar também", ela diz. É a brecha para nossa orientação. Não devemos pedir que venham ou tragam mais espíritos. Nosso papel é encaminhá-las para seu lugar.

Quando chegamos à área onde antes ficavam as piscinas, nosso termômetro passa a oscilar, registrando mudanças bruscas de temperatura. Era um dia agradável, o início de uma noite de domingo de maio em que o ar de São Paulo estava na casa dos 20 °C. Não ali. Para cada ponto que eu direcionava o termômetro, uma surpresa: 7 °C, 14 °C; e até -1 °C! "Eles estão nos acompanhando", comento. "A piscina é energeticamente forte. Estou sentindo a presença deles."

Elaine revela que, no passado, foi salva-vidas da piscina – ela é formada em Educação Física. A história de um funcionário que morreu ali era bem conhecida. "Ele passou mal enquanto limpava a piscina. Um infarto, morreu", conta. Concluímos que deve ser ele, hoje, o guardião do espaço e o dono do cachorro preto que sempre é visto no lugar.

Consigo visualizá-lo. É moreno jambo, tem o rosto fino. Sinto que está irritado com a nossa presença, mas tento acalmá-lo, mostrar que estamos ali para ajudá-lo. "Tudo tem a fase áurea, mas depois vem a queda. Em seguida, é a vez de começar a se levantar de novo", explico. "Você precisa entender e não ficar chateado com isso. A Elaine e o Vanderlei estão tentando reerguer o clube, de acordo com a nossa época." Percebo que ele sofre por ver o Pirituba desta forma.

Também converso com um antigo funcionário conhecido pelo apelido de Guaru. Ele era um baixinho barrigudo que, em seu tempo, tomava conta da piscina. Parece que aceita ser encaminhado.

Entre uma instalação e outra, me deparo com outro espírito. Ele diz que não quer morrer, que não queria morrer. "Sei que você está relutante para ir porque relutou muito para morrer. Mas você precisa encontrar a paz", oriento. "Posso respeitá-lo até você escolher seu lugar."

Vejo um senhor que caminha arrastando os pés. Os administradores logo o identificam: é Ari, o sujeito que tomava conta do bar. Também identificamos sua mulher, Raquel, que estava sempre sorridente. E um outro senhor, que costumava puxar as calças enquanto andava.

A realidade dali é que o clube passa por uma reorganização. Os espíritos, percebo, estão mais para atrapalhar do que para ajudar. "Eles têm um sentimento de posse, que precisa ser superado", explico a Elaine e Vanderlei. "Eles dizem 'isto aqui é meu'". Como em toda sociedade, o Pirituba teve seus acertos e erros e suas trocas de gestão. Há muita energia impregnada no lugar e é preciso ter calma para distingui-la. Após nosso trabalho, Elaine comenta que a atmosfera ficou mais leve. "Está mais respirável", avalia. Explico que nem todos foram embora. Alguns se mudaram, mas outros insistem em permanecer. De qualquer forma, acredito que tenha dado uma bela aliviada. Os que ficaram, ao menos, não devem mais atrapalhar.

CAPÍTULO 10

NEBLINA, PENUMBRA E FANTASMAS

Construída na segunda metade do século XIX por ingleses da São Paulo Railway, a vila ferroviária de Paranapiacaba localiza-se no distrito do município de Santo André, no ABC paulista. O povoado, tombado pelos órgãos municipal, estadual e federal de proteção ao patrimônio, é candidato ao título de Patrimônio da Humanidade da Unesco.

Tanta história faz com que suas ruas estreitas, não raras vezes escondidas sob espessa neblina, sejam um repositório de energias, vibrações e espíritos. Ali vivem hoje cerca de 1.100 pessoas. O conjunto histórico, na parte baixa da vila, conta com 242 casas, todas pertencentes à prefeitura – os moradores são permissionários e pagam, em média, trezentos reais mensais à administração municipal.

Estivemos lá a convite do programa *Se Liga Brasil*, hoje extinto, que era exibido pela RedeTV. Todo o nosso trabalho foi acompanhado pelo repórter Douglas Camargo e sua equipe. Um guia turístico, Douglas Dharma, nos ajuda. Sua tarefa é nos conduzir pelos locais onde há relatos de vultos e vozes, mas ele também nos contextualiza sobre a história da vila e suas construções.

Começamos analisando uma árvore centenária, um velho eucalipto conhecido ali como pau-da-missa. "Diz a lenda que ela ganhou esse apelido porque era em seu tronco que as famílias antigas pregavam os comunicados das missas de sétimo dia", conta Dharma.

O guia acrescenta a história de uma macumbeira que vivia em Paranapiacaba e, quando ficou viúva, não quis que o marido tivesse a morte anunciada na árvore. "Passaram por cima da vontade dela", completa. "Resultado: quando ela morreu, encontraram em seu criado-mudo um bilhete dizendo que quando as pessoas passassem em frente à árvore, esta abriria um portal para conversas com os mortos."

Sem dúvida, trata-se de um eucalipto singular, energeticamente falando. É o que sinto ali na frente dele. Absorveu toda a história de mais de um século. Em um primeiro momento, não vejo espírito algum, sinto apenas a energia da própria árvore.

Detivemo-nos ali por um tempo. Está escuro e os únicos sons além de nossas conversas, passos e equipamentos vêm da natureza: cigarras, outros bichos e árvores que farfalham ao sabor da brisa. De repente vejo um espírito. É uma mulher, que me pede para dar três voltas ao redor da árvore.

Obedeço. Ela demonstra incômodo, parece assustada com a quantidade de pessoas por perto. "Fique calma, ninguém vai machucar você", digo. "Fique com a sua história, a sua dignidade e o seu passado."

Dharma comenta que algumas partes da árvore possuem formatos humanoides. "Braços, pernas, face... As pessoas que tiveram a morte anunciada aqui ficaram incrustadas nela. O pau-da-missa, o pau-das-almas", narra ele.

Preparamo-nos para uma caminhada que vai nos levar a um túnel desativado da ferrovia, construído por volta de 1900. Moradores e visitantes da vila relatam que é comum ouvir ali murmúrios, gritos e vozes. Vultos também já teriam sido avistados. "Há quem acredite que, durante a construção do túnel, indigentes mortos tenham sido utilizados como rejunte", diz o guia.

O caminho é íngreme, tortuoso e esburacado. Muitos têm medo dos mortos, mas, para mim, a maior dificuldade é uma trilha complicada – principalmente quando temos de cruzá-la em meio à escuridão da noite.

Deparamo-nos com um galpão onde há um velho cabo de aço da antiga ferrovia. "Segundo contam, esse cabo arrebentou em 1865, cortando nove funcionários ao meio", ressalta Dharma. Nosso termômetro oscila fortemente, e despenca de 20,3 ºC para 0 ºC em um átimo. Vejo gente, várias pessoas. São os antigos trabalhadores. Sinto uma agonia muito grande.

Quando chegamos ao túnel com fama de mal-assombrado, sinto uma sensação horrível. Sensação de morte. "Deve ter morrido muita gente aqui", comento. Busco acalmar o grupo dizendo que não precisamos ter medo. Interajo com os espíritos e deixo bem claro que estamos ali para ajudá-los, que os respeitamos. "Estamos com medo do mato, de cair, de machucar a perna, não de vocês", afirmo. "Estamos aqui com o coração aberto. Vocês querem uma oração ou algo assim?"

Recomendo que cada um faça uma prece, uma oração, segundo as próprias crenças. Nessas horas, precisamos agradecer a manifestação dos espíritos e o respeito que eles tiveram conosco. Percebo que Camargo, o repórter, está bastante abalado. "São sensações que não conseguimos traduzir. Por isso as pessoas dizem que é o mistério, o imponderável", busco confortá-lo. "Só quem sente é que dá sentido ao que sente."

Ouvimos vozes. São murmúrios, vozes femininas. Várias e ininteligíveis. O que sentimos é muito forte. De microfone em punho, o repórter começa a tentar descrever uma mistura de medo com adrenalina. "Confesso que quero ir embora", ele me pede. Em respeito aos seus limites humanos, digo ao grupo que iremos encerrar por ali. Quando começamos a fazer a trilha de volta, peço para ficar por último, com o João. Recomendo que o grupo não se afaste muito, que um fique próximo ao outro. Vamos iluminando tudo com as lanternas. "Se a luz é forte, o medo é pequeno", brinco, numa tentativa de aliviar um pouco a tensão. Entoo o tradicional hino religioso *Segura Na Mão de Deus*. "Não temas, segue adiante e não olhes para trás/ Segura na mão de Deus e vai."

Minha preocupação é que ninguém leve para casa nada dali. Então encerro o ciclo. Não sem antes comentar com o João sobre a sensibilidade do repórter. "Eles gostaram tanto desse menino... Foi a melhor sintonia que eu tive", afirmo.

CAPÍTULO 11

TRABALHO DE CAMPO

Parecia o fundo do poço. Dona de um passado glorioso no futebol do interior paulista, havia anos que a Associação Ferroviária de Esportes não jogava pela divisão principal do campeonato paulista. Oscilava entre segunda e terceira divisões.

Em 2013, quando fomos a Araraquara investigar o caso, a Ferroviária havia conseguido se manter na série A2 depois de uma penosa campanha. Escapara de mais um vergonhoso rebaixamento na última rodada, terminando o campeonato em 16º lugar (são vinte os clubes participantes e os quatro últimos caem para a divisão seguinte). Nada parecia dar certo para aquele time. Ninguém apostaria que dois anos mais tarde, depois de dezenove anos, a Ferroviária voltaria a se classificar para a primeira divisão.

A Locomotiva, como é chamada pelos torcedores, é uma das equipes mais tradicionais entre as chamadas "pequenas". Foi fundada em 12 de abril de 1950. Em seus tempos áureos, disputou a primeira divisão do Campeonato Brasileiro e chegou a ficar 30 anos ininterruptos sem sair da elite do Paulista.

O time manda seus jogos no Estádio Doutor Adhemar de Barros, antes conhecido como Estádio da Fonte Luminosa, hoje chamado simplesmente de Arena da Fonte. O campo foi inaugurado em 1960 e completamente remodelado e ampliado em 2009. Como pudemos perceber, time e estádio têm histórias acumuladas, gerações após gerações. Nesses casos, é comum que uma ou outra alma mais apegada ainda resista a deixar o local, mesmo após a morte.

Uma equipe do jornal *Tribuna Impressa* nos acompanha na visita ao estádio. Foram eles que, tempos antes, nos contaram que muitos araraquarenses acreditam que a sequência de más campanhas do clube estaria associada a assombrações. Profissionais do canal SporTV também registram tudo.

"Vou ser bem honesta", explico à repórter. "Não adiantam nada religião, teorias de controle racionais, nada. Se a pessoa não tiver a sensibilidade da comunicação, os processos se tornam racionais, aconteça o que acontecer. Então vem um pastor, vem um padre e benze, mas ninguém tem a sensibilidade de conversar com eles, com os espíritos. E eles estão aqui porque dizem que é o espaço deles."

Logo que entramos na arena, percebo a presença de um deles. Tem a perna machucada. Explico que iremos respeitá-lo, que estamos saudando-o pelo glorioso passado. Agora são dois. Um sempre coça o nariz e o outro está meio curvado. Quem se curva é o goleiro, né? Goleiro que tem essa mania.

Um funcionário abre o portão que nos permite entrar no gramado. "Os torcedores estão dando mais atenção ao pessoal do passado do que do presente, e isso mantém estas energias vivas", advirto. "É importante que continuem se lembrando do passado. É revigorante. Mas é preciso dar abertura ao futuro. Ficar sustentando o passado só os mantém aqui, e isso atrapalha os jogadores de hoje."

Vejo um massagista das antigas. Na verdade, um faz-tudo, porque naquele tempo o futebol não era tão profissional quanto hoje, não existia alguém só para ser massagista. Ele quebrava todos os galhos do time. Está todo feliz. "Vocês entendem que precisam dar espaço aos vivos, não é?", pergunto.

Caminhamos até os vestiários. Ainda no túnel, um jogador sente vontade de chorar. "Não sofra, não sofra", peço a ele. "Vamos todos embora, vamos nos despedir daqui como se fosse sua última partida?" É incrível como a energia ficou impregnada nas paredes. Peço que ele vá para o mundo dele. Repito que lá em cima ele pode ser mais útil, que é preciso deixar a geração atual trabalhar. Ninguém faz nada por mal. Ainda mais neste caso, em que os jogadores tinham tanta garra. Mas eles precisam se despedir de sua história, entender que já cumpriram suas etapas e agora podem se tornar espíritos de luz.

Dentro do vestiário, vejo outro jogador. É um que tinha passos curtos. Ele tem um recado. Diz que o sucesso do clube voltará, mas não será de uma hora para outra, será um processo gradual. "Não vai ser decepcionante como agora", afirma ele.

Acredito que nossa missão está cumprida quando noto que eles já entenderam. Continuarão sendo respeitados, mas irão embora. Mesmo sem maldade, eles estão influenciando negativamente o clube. Aos torcedores, só posso pedir que não venham ao estádio descarregar sua raiva e seus problemas. Que venham para torcer sem extravasar pensamentos ruins nos jogos e nos jogadores.

Não caçamos fantasmas no estádio. Nós organizamos os espíritos que estavam atrapalhando o clube. É isto que conseguimos fazer com o nosso trabalho: mostrar que as vivências e as dinâmicas do sobrenatural devem ser validadas, que devemos prestar atenção à dimensão paranormal que nos rodeia e que o ser humano tem capacidades paranormais que devem ser respeitadas.

CAPÍTULO 12

ENTRE FARDAS

Militares que passam a noite no quartel do 13º Batalhão da Polícia Militar de São Paulo, nos Campos Elíseos, região central da cidade, já estão habituados: alguns ouvem vozes estranhas, há quem veja vultos e são muitos os relatos de aparições.

Em nossa primeira visita ao local, somos recebidos pelo cabo Melo e pelo sargento Veríssimo. "Um colega nosso, soldado Samuel, o Samuca, estava muito estressado e se matou aqui dentro. Depois disso, vários companheiros viram o espírito dele", conta o cabo. "Eu nunca vi nada, mas já ouvi muito falar. Quem fica à noite diz que escuta coisas", comenta o sargento.

Outra história muito forte é a do túnel subterrâneo. Antigamente, servia de rota de fuga. Está em desuso há décadas. "O pessoal chama o túnel de boca do inferno", relata Melo. "Quase todo mundo que entra, acaba contando algo estranho. Ali tem espíritos. Parece que são dois, e pelas histórias que ouvi, são muito bravos. Já teve companheiro que entrou e saiu com as costas arranhadas."

Entramos. E começo a sentir uma rejeição imensa, parece que eles não querem a minha presença. Tento me comunicar. Eles dizem que aceitam os militares, não os civis. "Não posso usar farda porque eu sou civil", digo a eles. A rejeição à minha pessoa é total, forte, intensa. Ao que parece, o fato de eu ser mulher piora ainda mais a situação: eles são de um tempo antigo, em que mulher não tinha vez.

O espírito está impaciente e incomodado. Ele me pede a presença de um capitão. "Não temos capitão aqui, mas um sargento e um cabo", respondo. Reticente, pergunta se temos permissão para estar ali. Decidimos recuar um pouco, deixar as coisas se assentarem.

À noite, quando retornamos, somos acompanhados pelo mesmo cabo Melo e, desta vez, pelo sargento Gomes. Recordo-me dos relatos de pessoas que saíram arranhadas do túnel. "Eu quero dizer para o senhor que já o vejo", ressalto. "Pedimos licença para entrar. Manifestem-se, mas vamos fazer um trato: não nos machuquem."

Enquanto vou dizendo que não estamos ali para obrigá-los a sair e, sim, para mostrar-lhes que existe um outro lado, sinto que eles fazem um pedido. Querem que sempre seja solicitada permissão para entrar no túnel. Querem que uma placa seja afixada no acesso, informando a necessidade de se pedir licença para entrar.

Ouvimos alguns sons estranhos. Um dos *ghost meters* apita. "Então vamos conversar", comento. "O senhor fazia parte dessa turma? O senhor era graduado, oficial?" Ele me conta que era capitão, que comandava esse batalhão. Reclama que hoje em dia ninguém mais obedece como antigamente e ordena que o cabo e o sargento lhe batam continência. A dupla assim o faz.

Ele começa a me tratar mal. Diz que eu sou rebelde, revolucionária. "Não é assim que se trata uma mulher", rebato. "E não sou eu a rebelde. Meu bisavô francês que era anarquista."

Chegamos à porta de uma sala que, nos conta Melo, antigamente era utilizada para reuniões estratégicas. Os três *ghost meters* apitam alto. Há um forte campo eletromagnético no lugar.

Sinto que o capitão não quer mais conversa. Ele resiste a tratar com uma civil, ainda por cima, mulher. Peço que João tente se comunicar. O capitão faz uma revelação: sargento Gomes vai ser promovido. Surpreso, ele confirma a informação, que até então era sigilosa. Nenhum dos vivos ali sabia disso. "É por isso que eu gosto de falar com os mortos", comento.

Minha cabeça dói muito. Eles não querem minha presença, sinto a resistência. Peço que façamos um intervalo para que eu me recupere. "Ele só aceitou se comunicar um pouco porque há militares presentes", explico. "Nós, civis, somos intrusos."

Quando voltamos aos trabalhos, o capitão pede que cantemos o Hino da Polícia. "Ele tem tanto orgulho da farda", digo. Enquanto falo para ele que não conheço o hino, o cabo e o sargento começam a entoá-lo:

"Sentido! Frente, ordinário, marcha!/ Feijó conclama, Tobias manda./ E, na distância, desfila a marcha/ Nova cruzada, nova demanda./ Um só por todos, todos por um/ Dos cento e trinta de trinta e um..."

"Ele sente saudades dos velhos tempos", comenta cabo Melo. "É um espírito que ainda vibra", complemento. "Mas não podemos permitir que um espírito interfira neste local."

Explico ao capitão que ele precisa encontrar a paz. "Será um alívio se o senhor sair daqui. Porque embora continue nessa sincronia de comando, seus subordinados não são mais seus subordinados", digo. "O senhor tem de ir. Hoje em dia, não é o senhor quem dá as ordens aqui."

A resistência aumenta. Sinto uma dificuldade física de continuar. Quando o capitão começa a querer dar ordens a outro militar – não posso revelar o teor do que ouvi – tomei uma decisão então inédita em minha vida: abortei um processo. "Tive de fazer isso", explico. "Ele é um espírito e tem de se conscientizar de que não pode conversar de igual para igual com o comando. O plano espiritual não pode comandar o plano material."

Disse ao capitão que o terreno de comando dele já acabou. "O senhor está aqui, mas é um espírito", friso. Completamente ignorada, peço para sairmos do túnel.

Vale ressaltar, entretanto, que antes de abortar o processo fizemos uma varredura energética do que poderia acontecer com cada um dos participantes. Foi preciso ter certeza de que não ficariam sequelas para ninguém, de que não haveria prejuízo nem para vivos nem para mortos.

Não podemos abortar uma vivência paranormal por medo, por insegurança ou porque se fez uma análise racional e ela não se mostrou conveniente. Todas as variáveis têm de ser analisadas e, ao captar seus desdobramentos, o paranormal deve ter uma postura firme e segura.

Vamos ao alojamento onde o soldado Samuel, o Samuca, cometeu suicídio anos atrás. Cabo Melo me conta a famosa história da aparição do colega morto. "Tínhamos um novato aqui no quartel e havia ficado combinado que ele seria apresentado às dependências do local apenas no dia seguinte", relata. "Ele passou a noite neste alojamento e, quando acordou, disse ao militar designado que não precisava mais ser apresentado ao local, pois, durante a madrugada, um colega já havia feito isso."

Melo conta que, quando ele descreveu o colega, todos tiveram certeza de que era Samuca. "Depois, ele olhou fotos antigas e indicou justamente o nosso colega morto", completa o cabo.

O fatídico dia permanece muito nítido nas memórias do cabo. "Estávamos em uma prática esportiva aqui na quadra e ouvimos o disparo do 38", conta. "Cada um tem seus motivos. A gente não pode julgar ninguém. É só saudades do companheiro mesmo."

Samuca chegou a ser socorrido pelos colegas e levado ao hospital, mas morreu logo em seguida. "Como dizem, a linha da vida dele já estava marcada", comenta o cabo. "Ele andava reclamando muito de problemas da vida. São fatores que não surpreendem, pois vivemos em um nível muito alto de estresse. Tem de ser médico, professor, padre, psicólogo... Na rua, cada situação depende de sua ação, e a sociedade não quer saber como você está. Ela quer que você dê um suporte, uma solução." Percebo que Samuca tinha muita dor de cabeça.

"Não viemos aqui para julgar o que você fez. Pode ficar tranquilo", digo a ele. Mas sinto que o soldado não quer conversar comigo. É militar com militar. Novamente estou sendo descartada da comunicação. "Já sei que aqui só estou sendo guria de recado", afirmo. "Não posso passar dos meus limites."

Cabo Melo sente um puxão na perna esquerda. Ele se senta. Oriento-o a conversar com o Samuca. Eram amigos, eram como uma família. "Samuca, aproveita para falar o que você quer. Daqui a dois anos eu vou embora, estou me aposentando. Então aproveita para pedir agora, hein!?", diz Melo.

Samuca está com receio da hierarquia. Ele parece incomodado com o fato de o sargento Gomes, de patente superior, estar na sala. "Samuca, estamos aqui entre amigos, fomos companheiros de farda, pode ficar à vontade", Gomes o libera. "Hoje, posso ser seu superior, mas na época, não era."

Essa relação de proximidade parece acalmar Samuca. Ele se sente acolhido, percebe que ninguém ali o culpa por nada. Conseguimos organizar suas sensações, então ele encontra a paz de que tanto precisava.

Mas nossa missão no quartel ainda não está concluída. No jardim há palmeiras que guardam uma espécie de maldição. "A lenda é a seguinte: se alguém cortasse uma palma, haveria a morte de um companheiro do quartel", conta Melo. "No início, ninguém dava a devida atenção. Mas, depois que alguém cortou e um colega infelizmente morreu, decidimos, por precaução, não arriscar mais. Ninguém mexe nas palmeiras e procuramos preservá-las."

Ao me aproximar, sinto uma força me puxando para baixo, para a terra. Foi tão intensa que cheguei a derrubar meu aparelho. "Não é um espírito", apresso-me em dizer, desmistificando a história. "É uma energia, a energia da natureza."

A energia está lá desde muito antes do batalhão, quando o terreno abrigava uma casa e um belo jardim. Ela quer flores de novo. "Isto aqui agora é um quartel. Não podem mais ter aquelas coisinhas", explico a ela, que nunca vai sair dali. Os militares entenderam que precisavam zelar pela boa convivência e se comprometeram a não destruir as palmeiras.

CAPÍTULO 13

O VELHO CASARÃO

Hoje são os morcegos que habitam o imenso casarão de mais de cinquenta cômodos, erguido em 1884 na zona rural de Araraquara, no interior paulista. Porém, relatos de fantasmas são recorrentes na construção onde vivia o coronel Antônio Joaquim de Carvalho, barão do café, sua família e seu séquito de escravos.

Sim, escravos. Conta-se que mesmo depois de ser promulgada a Lei Áurea, em 13 de maio de 1888, escravos eram mantidos na fazenda do coronel Carvalho. Quando os fiscais apareciam, eles eram escondidos.

Nada ali lembra o passado rico. Apesar de ainda imponente, com suas portas de 3 m de altura, o imóvel está bastante deteriorado e sujo. Fica no assentamento Bela Vista, região onde moram dezenas de famílias.

É durante o dia, na companhia de uma equipe de reportagem do jornal local *Tribuna Impressa*, que chegamos ao endereço para a primeira visita. Logo percebo o problema: os espíritos estão precisando de atenção. "Todo mundo vem aqui, mas ninguém quer conversar com eles", afirmo. "Eles estão com muita sede de paz."

Quem primeiro fala comigo é um homem negro com uma cicatriz muito feia na perna esquerda. Foi escravo. Sofreu muitos castigos e tem a boca seca – deve ter passado sede antes de morrer. "Naquela época, a vaidade esquecia que negro é ser humano", comento.

Também há uma sensação de fome. Prometo que, à noite, traremos pão. Pão sovado, como pedem. Fica assim combinado. "Podem vir que ninguém vai chicotear, ninguém vai ficar bravo, prender. Ninguém vai tirar comida e não vamos permitir que nenhuma daquelas energias que maltratavam vocês atrapalhe, o.k.?", prometo. Vejo uma criança correndo, brincando. Uma menina. Depois, um menino.

Aparece o dono da casa. Ele está bravo, incomodado. "Este lugar me pertence, saiam daqui", repete, afoito. "Vamos devagar, não é para assustar ninguém", respondo.

Decidimos deixar o local. "Senão eu entro nessa sintonia de tristeza e não sei que vou fazer da minha vida até a noite", justifico.

Já está escuro quando retornamos. Com o pão, conforme combinado. "Eu sei que não precisam mais de alimento, pois são espíritos, mas vocês levaram a fome, as necessidades, tudo por meio das emoções", comento. "Vou comer com vocês." Deixamos o pão em um canto do cômodo.

Explico a eles que precisam sair desse período. "O sofrimento foi tanto que vocês se mantiveram presos aqui. Isso não é saudável nem para quem fez o mal nem para quem recebeu o mal", oriento. Nosso termômetro comprova a presença dos espíritos. Oscila muito, de 20 ºC para apenas 1 ºC.

Moradores do assentamento nos procuram e se aglomeram à nossa volta. Alguns estão simplesmente curiosos, mas percebo que outros precisam de nossa ajuda, querem conversar. É o caso de Claudineia, que perdeu o pai recentemente. "Era um homem que resmungava muito e foi enterrado sem sapatos?", pergunto. Ela se vira para a mãe, Maria Ester, e ambas confirmam. "Ele está aqui. E quer conversar com vocês", prossigo. "Ele diz que está com muitas saudades. Não era de dar muita atenção para vocês, mas se arrepende muito disso. Ele era curto e grosso, não era? Não gostava muito de conversa."

Elas concordam e o perdoam. Eu as abraço, dizendo que é um pedido dele. "Porque ele não se despediu de vocês. Este é seu abraço de adeus", explico.

Outro que está ali é Danilo, um menino de dezenove anos. Sinto a presença do espírito de sua avó. "Ela mandou dizer para você seguir adiante, porque ela está cuidando de você", comento. Também tenho um recado da outra dimensão para Renan. "Por meio de suas mãos, do seu trabalho, você vai se organizar muito bem financeiramente", afirmo.

Essas pessoas, muito queridas e simpáticas, nos deram uma lição importante: quando há muita gente presente nas investigações, as vibrações podem predominar nas energias que estavam no local. Então decidimos interromper um pouco o trabalho para dar a essas pessoas os recados de seus familiares mortos, aproveitando o canal de comunicação aberto.

Atrapalhou a investigação, é verdade. Mas não posso simplesmente ver os problemas das pessoas e dar as costas. Ajudá-las é minha missão de vida.

Uma força muito grande me chama para ir ao matagal próximo. Já a tinha sentido antes, enquanto percorria os cômodos da casa, mas resisti. João me convence. Tenho a sensação de que estamos a caminho de um local onde aconteceu uma maldade muito grande. É um sentimento ruim.

Minha respiração é prejudicada. Estou ofegante. "Tem alguém enterrado aqui?" pergunto. Vejo uma pessoa, mas prefiro não descrevê-la. "Certas coisas eu não quero verbalizar, não quero detalhar o que aconteceu aqui", digo a João. O *ghost meter* acusa um forte campo eletromagnético e seu ponteiro fica oscilando sem parar.

Um velho capataz da fazenda foi enterrado aqui há muito tempo, mais de cem anos atrás. Ele quer nosso perdão. Então cada um dos presentes diz o nome e afirma que o perdão foi dado. "Ele maltratava muito as pessoas, não tinha piedade nem sentimentos", digo.

Pede para que eu o desenterre. "Isso eu não posso, porque vai ser problema até de polícia. Eu não posso", explico. "Vamos deixar esse corpo descansar em paz." Busco orientá-lo. Afirmo que em algum momento da vida ele deve ter feito algo bom, deve ter amado alguém, e peço para ele vibrar isso, seguir em paz e encontrar seu caminho. "Eu não posso perdoá-lo no sentido da Igreja, mas posso compreendê-lo como vidente que sou", ressalto.

O casarão está impregnado. Foram muitas as emoções. Mas, com o tempo, as coisas foram se libertando. O maior problema parecia ser o fantasma do capataz. "Agora, a alma dele descansou", digo. "Ele foi visto. Esta é a lei da vidência: quando um espírito se comunica, se expressa e diz o que está sentindo, ele não precisa de mais nada."

Não somos nós quem criamos as regras. Elas vêm lá de cima. O capataz só queria demonstrar o desespero pelo que fez e pedir perdão. Foi uma espécie de confissão. Não existe ninguém totalmente bom nem totalmente ruim.

CAPÍTULO 14

MINHA AMIGA SE CHAMA MORTE

Já fazia mais de quarenta anos que dona Sueli, moradora de Florianópolis, teve uma forte experiência na Fortaleza de São José da Ponta Grossa, construída entre 1740 e 1744 no extremo norte da ilha, a 25 km do centro da cidade. Sueli tinha então oito ou nove anos de idade e estava visitando o local com seus pais, em um grupo guiado.

"Na época, a fortaleza não estava restaurada como hoje. Estava bem destruída. Mas havia passeios aqui dentro", conta João, reproduzindo informações do depoimento de Sueli. Na época uma menina, ela viu três homens logo na entrada do lugar. Dois falavam em espanhol, e o outro, em português. O que falava português vestia uma capa preta e disse que havia ficado preso ali dentro. Pediram para que ela o ajudasse a sair.

Era um fantasma, é claro. Foi conduzindo Sueli até uma enorme pedra. Pediu para que a menina a levantasse. Sob a pedra, havia uma espada. "Quando ela pegou a arma, o espírito ordenou que ela a levasse para fora da fortaleza", narra João. "Só assim, dizia o fantasma, ele seria libertado de sua prisão."

Sueli bem que tentou, mas quando foi encontrada pelos pais – ela havia se dispersado do grupo, ao seguir o espírito –, obviamente ninguém acreditou em seu relato. E a espada foi devolvida a um dos guardas da fortaleza, apesar dos protestos da menina.

Ela ficou muito frustrada, sentindo-se em dívida com o homem da capa preta. Seis meses atrás, Sueli passou a sonhar com o fantasma. Sente que precisa pedir desculpas a ele, e pede minha intermediação.

Chegamos à fortaleza às 20h. Atendendo a nosso pedido, a administração deixou todas as luzes apagadas – normalmente o local tem uma bela iluminação noturna na fachada. Antes mesmo de entrarmos, encontramos uma moradora da região, Neusa Alves da Luz, proprietária de um quiosque anexo ao forte. Ela vive ali perto há 46 anos, e sua família tem raízes na ilha. Seu avô morreu aos 105 anos, todos vividos em Florianópolis.

"Outro dia, eram 23h30 e eu acordei com uma voz, com um canto. Saí para a rua, olhei para cima da fortaleza e vi uma imagem", relata Neusa. "Era a coisa mais linda do mundo: uma sereia e um homem ao seu lado. O cabelo dela era maravilhoso e o canto também." Ela conta que chamou o filho para ver, mas o garoto ficou com medo. Depois tentou mostrar para um guarda da fortaleza, mas ele não conseguia enxergar.

Explico que isso aconteceu porque a aparição era direcionada a ela. "É você que tem ligação com este lugar", comento. "Sua ligação com o mar, com a história, tudo isso está muito impregnado em você."

Sempre me emociono com esse tipo de relato. São pessoas que viveram uma sintonia pacífica, abriram uma porta da sensibilidade e entraram no outro lado, ultrapassando a razão. Iluminado é quem tem vontade, tem história e tem postura. Dessa forma, as coisas acontecem.

O relógio marca 20h55 quando chegamos à porta principal da fortaleza. Somos recebidos por dois vigilantes, destacados para acompanhar nosso trabalho. Minha primeira reação é muito positiva. "Estou em um lugar que eu gosto, onde contato o passado e vibro no presente", afirmo. "Entramos de coração aberto, respeitando o passado e mostrando o passado para o presente." Enquanto caminhamos pelas dependências, tomo um susto. Um sapo passa coaxando entre nós. "Eu prefiro ver fantasmas", comento.

A primeira manifestação paranormal é registrada pelo nosso termômetro. O aparelho marca 33 ºC, 10 ºC a mais do que a temperatura daquele dia.

Quando estamos perto de um dos canhões, do lado externo da construção, tenho uma sensação estranha. Foi como se eu tivesse levado uma coronhada nas costas, uma paulada. Depois sinto tontura e um frio no estômago. O *ghost meter* acusa variação do campo eletromagnético. Entramos na fortaleza novamente. Em um amplo cômodo, consigo ver quatro homens dormindo e um quinto sentado, fumando. Ele é de baixa patente, barrigudo e tem pernas finas. Pede que façamos silêncio. "Vamos sair daqui. É hora de silêncio, hora de os militares descansarem", digo aos que me acompanham. "Precisamos respeitar o momento de cada um."

Então decidimos, João e eu, aproveitar o canal de comunicação para repassar aos espíritos, sobretudo ao de capa preta, o pedido de desculpas de Sueli. "Peço perdão em nome dela", afirmo. "Ela sente muito por ter deixado você preso aqui, mas você vai ter de procurar a liberdade de outra forma. É inevitável."

Continuamos a percorrer o interior da fortaleza sem registrar mais interações com os espíritos. Já era quase meia-noite quando quis ir embora. Guardamos nossas coisas e, quando estávamos saindo, começou a chover. Decidimos retornar, em busca de abrigo, até o tempo acalmar.

Exatamente à meia-noite, o *ghost meter* registra um contato eletromagnético mais forte. "Alguém quer se comunicar de novo?", pergunto. "Seja bem-vindo. Não estou entendendo o processo, mas vamos tentar organizar a comunicação. Batemos cabeça até agora, mas tudo bem, a gente entende."

Explico que nossa missão era somente falar com aquele senhor de capa preta, para que ele compreendesse a frustração da Sueli. Sou advertida. É minha amiga, a Morte, quem está conversando. "Está certo", concordo. "Retiramos tudo o que foi dito. Se ela quiser pedir desculpas, ela mesma que venha. Entendo. Não tenho permissão para ser intermediária dela. Peço perdão por ter passado por cima das leis." A Morte me dá um puxão de orelhas. Digo que não quis desrespeitar as regras, que tenho muito orgulho de ser amiga dela. A Morte, quando quer, protege. Sei que ela só vai me levar quando for a hora certa. "Não fiz por mal", repito.

Todo mundo parece ter medo da Morte, mas eu fico muito feliz quando ela se comunica. É muito raro que ela se manifeste pelos equipamentos, como aconteceu ali. A sensação é de que estou protegida. As pessoas a transformam em uma caveira, em uma coisa ruim, mas eu a encaro como um momento que todos teremos. Todo mundo nasce com a energia da vida e a energia da morte.

Dessa vez foi impactante. Desde que chegamos ao lugar, percebemos uma interferência, algo que impossibilitava nosso trabalho. Quebramos as regras. Não se dá recado sem permissão. Então fico satisfeita com a bronca que levei da minha amiga Morte. "Isso me dá a certeza de que tenho uma proteção em meu caminho, me dá uma segurança muito grande. Isso me dá o que eu preciso". Enquanto profiro essas palavras, o *ghost meter* apita. A Morte concorda.

CAPÍTULO 15

O GUARDIÃO DO CEMITÉRIO

Sou apaixonada por cemitérios. São o símbolo de que um dia tudo acaba, de que a vida tem seu término. Fundado no século XIX, o Cemitério Municipal de Petrópolis conta com mortos ilustres entre as mais de 67 mil pessoas que foram sepultadas ali.

Quem nos conta é Sampaio, diretor dos sete cemitérios municipais de Petrópolis. Flávio Cavalcanti (1923-1986), o famoso apresentador, foi enterrado no cemitério. Hermes da Fonseca (1855-1923), militar e ex-presidente do Brasil, também. Raul de Leôni (1895-1926), o poeta, foi outro.

Importantes, mas nem tão famosos assim, também existem. "O senhor Francisco, por exemplo, morava em Lisboa e se suicidou", conta Sampaio. "Naquela época, 1800 e pouco, suicídio era algo que ninguém aceitava. Então sua mulher não conseguiu sepultá-lo em lugar nenhum de Portugal. Obstinada, trouxe o corpo para o Brasil, comprou estas terras aqui, mandou enterrar o marido e doou o restante para virar cemitério."

Quando morreu, ela foi sepultada ao lado de Francisco. "Em gratidão ao muito que se amavam, guardando para si o lugar ao lado para depois o acompanhar eternamente", diz o epitáfio.

"Olha só que lindo", comento. "Eis o sentido do desespero: ela trouxe o corpo da pessoa que amava. Ela o entendeu. Passou por cima de todos os princípios daquela época. Isso é muito bonito." Atualmente, sabe-se que quem se mata está passando por um problema psíquico emocional tão sério que não tem mais controle sobre a vida. Mas, naquela época, só mesmo o amor para compreender.

Sampaio nos mostra o túmulo mais visitado do lugar. Outro Francisco. É um túmulo pequeno, de criança. "O anjinho Francisco", afirma ele. Trata-se de um menino que morreu com três anos de idade, em 1892, e, na época, foi enterrado atrás da igreja. Cerca de sessenta anos atrás, decidiram transferi-lo para o cemitério. "Aí o seu Baiano, um sujeito que trabalhava fazendo manutenção aqui dentro, andava muito doente, quase morreu. Na época ele devia ter uns quarenta anos de idade. Achou esse túmulo abandonado e começou a cuidar dele. Prometeu para a criança que, se fosse curado, iria zelar pela sepultura", relata Sampaio. Baiano ficou bom e morreu com quase noventa anos.

Claro que a fama de milagreiro do anjinho Francisco se espalhou. E outras histórias foram se somando à do seu Baiano. Virou um santo popular. Como forma de agradecimento, as pessoas trazem brinquedos para enfeitar seu túmulo.

Sampaio mostra um túmulo que seria o único em que há um animal de estimação sepultado junto à dona. Sobre o jazigo, uma pequena estátua do cachorro. Ele ainda nos conta sobre um assassinato ocorrido dentro do cemitério. "Eram moradores de rua, usuários de droga. Houve um desentendimento e mataram a moça", explica.

Retornamos à noite, na companhia de Lucas e Carlos, do canal televisivo Cidade de Petrópolis. O termômetro oscila muito. Primeiro vai a 2,5 °C, depois chega a 0 °C. Em seguida, -1,5 °C. "Eles conseguiram uma sintonia muito forte com o termômetro", comento.

Peço permissão ao guardião do cemitério, aos donos do lugar, para que possamos mostrar que o mundo não acaba com a morte, que há outros movimentos. "Vocês vibram o que passaram e muitas vezes precisam voltar à Terra", explico. "Fiquem tranquilos que nosso lema é respeito ao sobrenatural, sem julgar nem afrontar."

São muitos, muitos. Fica até difícil organizar a comunicação. "É o guardião, eu saúdo o senhor, seu guardião", digo. "Salve, dona Morte, este é o seu mundo, sim, eu sei. A senhora está protegendo todos nós", afirmo em seguida. "Amados, eu também gosto muito de vocês. Vocês sabem que eu não sou morta, mas gosto de um cemiteriozinho", complemento. Sinto um soco no estômago. Forte.

Paramos em frente a um túmulo. "Estamos lhe fazendo uma visita, desejando que a senhora fique em paz", afirmo. "Todos somos de carne e osso, mas eu os vejo porque tenho a sensibilidade. Eles que estão comigo não têm essa experiência. Então, está tudo bem, não encostem neles."

Ela quer que cantemos uma música católica. Peço ao repórter. "Te amarei, Senhor/ Te amarei, Senhor", ele começa, mas não se recorda de toda a letra.

Continuamos a caminhar, e sinto que me chamam de todos os lados. "Com todo o respeito, não posso passar em todos os túmulos para conversar. Mas vou rezar por vocês, prometo", digo.

Um espírito vem ao meu encontro e me dá um abraço muito forte. Preciso parar para recuperar o ar. "Eu sei que esse abraço foi de carinho. Eu também amo muito vocês. Jesus me deu esta missão: a de mostrar que existe o outro lado", afirmo. "Não é 'morreu e acabou'. As pessoas levam as tristezas, as emoções, as alegrias e as mágoas. E nós aqui na Terra temos de ajudá-las a dispersar."

Em geral, quando visito um cemitério, converso com dois ou três. Mas ali a situação foi diferente: eram muitos, estava cheio. "Eu sei que você tem uma parte viva. Eu vi. Você se mostrou para mim. Todos sabemos que existe algo seu, não importa o tempo que faz da sua morte", busco acalmar um deles. "Vibre nas melhores coisas que você teve na sua vida e busque a paz. A paz que todos nós merecemos depois de mortos."

O guardião me aborda novamente. Ele parece incomodado com nosso trabalho. "Seu guardião, fique calmo, não iremos pegar nada", digo. "O senhor não quer barulho? Quer que a gente saia?"

Obedecemos e nos afastamos do túmulo. O guardião ainda nos acompanha. "Você quer que a gente vá embora, saia do cemitério?", pergunto. Não, ele só queria que ficássemos longe daquele ponto onde estávamos. O guardião se aproxima do João. Muito perto. "Sinto uma sensação. Não é de dor, é de calor", ele afirma. "Deixe o João trabalhar, por favor", peço. "Concentre a comunicação em mim. Porque eles são vivos e eu estou a meio pau entre vocês e os vivos."

Andamos mais um pouco e o guardião novamente nos intercepta. Vejo-o claramente, como se fosse um de nós. Em um primeiro momento, chego a confundi-lo com o repórter que nos acompanha. Agora ele quer que saiamos dali. "Está certo, já estamos indo", afirmo.

E então cachorros latem e quase avançam sobre nós. "Seu guardião, não faça isso. Você sabe que eu morro de medo de cachorro. Por que botar os cachorros em cima de mim?", reclamo. "De vocês eu não tenho medo, mas de cachorro eu tenho. Que feio fazer isso com uma amiga que veio saudar vocês."

CAPÍTULO 16

ILHA DO MEDO

No meio do rio Guaíba, no município homônimo, na região de Porto Alegre, no Rio Grande do Sul, fica uma ilha que já teve vários nomes – e vários usos. Ilha das Pedras Brancas, pois Pedras Brancas era o nome antigo de Guaíba. Ali, em 1835, começou a luta dos Farrapos contra o Império, episódio que entrou para a história como Revolução Farroupilha. Em 1857, o governo construiu no local algumas casas para armazenar munição, e o ponto foi rebatizado de Ilha da Pólvora. No início do século XX, até os anos 1950, ali foi endereço da fábrica de vacina contra a peste suína. De 1956 a 1973, uma prisão, de onde vem o nome Ilha do Presídio. Muitos presos políticos foram encarcerados no local durante o regime militar.

A ilha tem 140 m de comprimento e largura que varia de 30 a 40 m. Fica a 2,2 km da costa de Guaíba. Vamos no mesmo barco em que a equipe da revista eletrônica *MasBah!*, do SBT local. "Muitos casos interessantes ocorreram aqui nesta ilha", me conta o apresentador, Ivo Schergl Jr. "Um sargento foi encontrado nas margens do rio com as mãos amarradas e sinais de tortura no corpo. E vários presidiários sofreram maus tratos aqui, afinal estavam longe dos olhos da sociedade."

Aproveitamos para explicar para Ivo a diferença entre espírito e fantasma. Normalmente, a temperatura diminui na presença de um espírito, mas costuma subir na de um fantasma. "Quase todo mundo pode ver um fantasma. Já o espírito, só vê quem tem mais sensibilidade", comenta João. O espírito se locomove de acordo com quem quer se comunicar, geralmente pessoas ligadas direta ou indiretamente a ele. O fantasma fica em looping, sempre no mesmo lugar, sempre na mesma situação.

Vejo um espírito com o rosto todo ensanguentado. Levou um soco. "Muitos eram torturados, não é?", pergunta Ivo. "O pior é que eles eram obrigados a dizer coisas que não eram verdade", digo. "Estou falando aqui o que eles estão me contando. Eu jamais iria afirmar isso por conta própria e me meter numa fria."

Eles pedem para que cantemos o Hino do Rio Grande do Sul. "Mostremos valor, constância/ Nesta ímpia e injusta guerra / Sirvam nossas façanhas/ De modelo a toda terra", o apresentador de TV cantarola.

"Eles estão me dizendo que precisamos pedir aos militares que estão vivos para virem aqui ver as desgraças que fizeram em suas vidas", digo. "Só estou transmitindo o que me passam, como vidente."

Ivo conta que existe uma lenda sobre um poço no qual eram jogados os corpos dos que morriam na ilha. "Tem também a história sobre um policial que foi enterrado aqui e alguns visitantes o viram", comenta ele.

Percebo uma sensação de contrariedade muito grande. São quase duas horas da manhã quando chegamos a um paredão. "Eles colocavam os presidiários aqui, os vendavam e atiravam em direção à parede. Era um terror psicológico para arrancar as confissões", explica o apresentador. "Depois, provavelmente, alguns eram executados."

Sou encorajada a complementar. "Os menos conhecidos, esses eram executados mesmo", afirmo. "Os muito em evidência eram mantidos vivos."

Chegamos ao poço onde os corpos eram jogados. Sinto uma paulada nas costas. "Não precisam ter medo, ninguém vai maltratar vocês", tento acalmá-los. "Temos um compromisso: vamos cuidar de vocês."

Percebo o motivo de tanto incômodo. Pergunto ao grupo se alguém tem militar na família. Michel, o produtor do programa, levanta a mão. Seu pai é militar. Seus cinco irmãos são militares. "Ele não tem culpa de a família ser do exército. Ele não vai prender ninguém, não vai machucar ninguém", explico aos espíritos. Eles recuam. Ficam com medo da vibração de um militar.

Chegamos perto de um pedregulho. Entro em uma espécie de transe. Sinto o pânico do espírito que está fazendo contato. "Mataram alguém ali, mataram na água, mataram e atiraram na água ou mataram afogado, não sei. Eu vejo a cena. O desespero. E algo me diz para não ir ali ou vão me matar como mataram essa pessoa", relato. O medo está impregnado na pedra.

Eu levo uma lição. Confesso que não acreditava que os militares tivessem feito tudo o que alardeiam por aí. Supunha que metade era história. Mas as experiências vividas aqui me mostraram que podem ter feito muito mais.

Eles seguem incomodados com a presença de Michel. Não estão gostando da sintonia, o sentem como um militar.

Por fim, entramos em uma gruta. O *ghost meter* oscila bastante, registra forte variação do campo eletromagnético. Os espíritos me contam que foram presos políticos mortos naquele local, depois de muito sofrimento. Mandam que eu me sente. Obedeço. Pedem para que cantemos o Hino da Legalidade (aquele que convocava a população gaúcha a resistir ao golpe militar de 1964). Nenhum de nós sabe a letra.

É triste imaginar como suas histórias terminaram. "Muito obrigado por se comunicarem, por mostrarem o que estão sentindo", afirmo. Quem morreu nesta ilha, morreu preso, humilhado, torturado. Sofrendo.

CAPÍTULO 17

ECOS DA REVOLUÇÃO

O fascínio e a memória da Revolução Constitucionalista de 1932, o maior movimento armado já ocorrido em solo paulista, está vivo como nunca em Itapira, município que fica na divisa com o estado de Minas Gerais. Pudera! Foi ali, no Morro do Gravi, que ocorreu um dos episódios mais sangrentos do conflito, um marco da resistência paulista.

João e eu ficamos três dias em Itapira, investigando e gravando. Quem nos auxiliou foi o historiador Rodrigo Ruiz, um grande pesquisador do movimento de 1932. "Para mim, é um dos momentos mais apaixonantes da história do

Brasil.", comenta ele ao nos receber. "Passei muito tempo da minha vida estudando o assunto."

Apesar do passado repleto de mortes, hoje a atmosfera do lugar é extremamente agradável. Minutos antes de começarmos a gravação, tive o prazer e o privilégio de comer jabuticabas diretamente do pé – a poucos metros de onde houve uma trincheira da batalha.

"O Morro do Gravi, onde estamos, entrou para a história porque foi palco de uma batalha muito cruel, muito sangrenta", explica Rodrigo. "Praticamente a última batalha em terras itapirenses, ele foi o último ponto de resistência das tropas paulistas contra as tropas federais."

Rodrigo demonstra todo o seu conhecimento sobre o assunto. Em poucos minutos, contextualiza o panorama de 1932, ressaltando o descontentamento da elite paulista com o governo provisório de Getúlio Vargas (1882-1954). "Ele havia suspendido a Constituição vigente e prometido uma nova assembleia constituinte para breve", diz Rodrigo. "Entretanto, o tempo foi passando, e nada. Para piorar, Vargas ainda havia nomeado um interventor para governar São Paulo. Um homem que não era paulista e estava prejudicando econômica e politicamente o estado."

O historiador contou que quando os revolucionários estavam no Morro do Gravi, havia pouca munição. "As forças federais tinham três vezes mais aviões do que os paulistas", compara. "Do lado de São Paulo, eram 2.600 entrincheirados. Do lado mineiro, três vezes mais. As tropas federais contavam com catorze canhões. São Paulo só tinha um."

A derrota era certa. "Foi um massacre", define o pesquisador. "Os paulistas não conseguiam nem botar a cabeça para fora da trincheira, tamanho o fogo inimigo. Nesta topografia ainda há muitos restos mortais de soldados paulistas."

Enquanto compreendo o cenário, não posso deixar de comentar sobre a importância da história. "O presente precisa do passado como o futuro precisa do presente", digo. "Está tudo interligado."

"São Paulo perdeu nas armas, sem dúvida, porque estava despreparado em termos de munição. Mas o paulista mostrou que tinha um ideal", acredita Rodrigo.

Há um monumento no alto do histórico morro. Inaugurado em janeiro de 1934, trata-se de uma justa homenagem aos que morreram pelo ideal constitucionalista. "À memória dos soldados paulistas que aqui tombaram defendendo o solo sagrado da terra bandeirante na mais gloriosa de todas as campanhas", está escrito na placa. "O seu sangue generoso redimiu uma terra escravizada."

Apesar de serem muitos os que ali foram mortos, não sinto nada, não consigo nenhuma comunicação no local. Então decidimos ir ao cemitério da cidade no dia seguinte. Ali há um mausoléu, erguido em 1957, onde estão enterrados muitos dos que morreram na Revolução de 1932, além de membros das primeiras famílias colonizadoras da cidade.

"Estamos aqui com todo o respeito", começo dizendo. "Sim, sua morte foi muito digna. Não sei se foi justa, mas digna foi, pode ter certeza."

Sinto a presença de pessoas angustiadas por seus corpos nunca terem sido encontrados. "Queridos, os que os procuraram também não existem mais, então administrem os sentimentos de uma forma mais tranquila. Podem ir em paz, podem ir em paz", recomendo.

Noto que um dos antigos soldados parece sentir medo quando aponto o *ghost meter* na sua direção. Ele confunde o aparelho com uma arma. Procuro tranquilizá-lo, deixo claro que não estamos em nenhuma trincheira de combate.

Vejo outro soldado. Ele feriu o nariz na batalha, está sangrando. Não foi tiro, mas machucou bastante. O *ghost meter* confirma, apitando bastante. "Eles estão pedindo o hino da cidade", traduzo, na esperança de que Rodrigo saiba cantar a música.

"Será que eu vou lembrar? 'Salve, salve, povo de Itapira...'", recita o historiador. Mas eles não gostam. Não querem que o hino seja declamado; querem que seja entoado. "Pode ser outro hino, eles querem um hino, qualquer hino", afirmo. E então começamos a cantar o Hino Nacional.

O *ghost meter* oscila muito. "Isso é a oração de que eles precisam", explico. "Eles não precisam de pai-nosso, de ave-maria. Eles foram e continuam sendo patriotas. Cantar o Hino é muito mais religioso para eles do que rezar."

Noto que meu anel está derretendo. Foi a energia: ele ficou completamente deformado. Tratava-se de um típico exemplo de fenômeno paranormal. "A energia dele ou deles se conecta com o aparelho, o *ghost meter*, ou com o metal, no caso o anel. E ocorre esse processo. "É uma reação", explico. "Agora preciso de outro anel de presente."

Mas ainda não terminamos. Aproveitando o canal aberto que represento, outros mortos vêm conversar. Um deles me acompanha, mas não me permite descrevê-lo. Preciso respeitar.

Em frente a um túmulo, Rodrigo começa a contar uma história famosa e macabra passada em Itapira. "Em 1888, três meses antes da assinatura da Lei Áurea, aquela que deu liberdade aos escravos, atuava aqui na cidade um delegado natural de Mogi Mirim. Seu nome era Joaquim Firmino e ele era responsável por manter a ordem pública. Naquela época, isso também significa perseguir escravos fugidos", narra. "Mas ele era um abolicionista ferrenho, de modo que em vez de restituir os fugitivos aos fazendeiros, ele os mandava para um quilombo."

Desnecessário dizer que sua atitude irritava sobremaneira os fazendeiros. Na cidade havia um médico americano, emigrado depois da Guerra Civil dos Estados Unidos. "Ele conheceu a filha de um fazendeiro importantíssimo, comendador, se casou com ela e acabou herdando uma fazendo aqui", diz o historiador. "Ele era escravocrata, racista, preconceituoso. Foi o primeiro a se incomodar com o delegado. Tramou com outros fazendeiros para darem um castigo em Joaquim, dar um susto, conforme diziam."

Em uma noite, quase duzentos homens invadiram a casa do delegado. Eram fazendeiros e capangas, armados de paus. Quebraram tudo. Joaquim tentou fugir pela janela, mas não conseguiu, caiu e fraturou uma perna. Sua filha se jogou aos pés desses homens, pedindo que nada fizessem ao pai. Acabou chutada. "Moeram o delegado de pancadas", conta Rodrigo. "Ele foi espancado até a morte e, por fim, esse médico americano ainda teve a ousadia de riscar o rosto dele com a espora de sua bota."

O crime chocou o país, causou comoção nacional. Mais tarde, uma comissão da cidade solicitou ao presidente da Província que a cidade Penha do Rio Peixe passasse a se chamar Itapira. "Era para apagar a imagem negativa do lugar", pontua o historiador.

"A maldade persiste no ser humano", limito-me a comentar. "A maldade não escolhe época." Ali, entretanto, não senti nada. Só posso desejar que eles fiquem em paz no mundo deles.

CAPÍTULO 18

O NETO DA BENZEDEIRA

Nossa missão em Itapira ainda não havia se encerrado. Eu tinha a sensação de que precisava ir a uma casa especial, uma casa "de três pontas". O recado me foi claro, mas onde ficava essa casa, se eu procurava em todos os lugares e não a via? Foi o historiador Rodrigo Ruiz, esse grande intelectual de Itapira, quem reconheceu a descrição: a casa que sentia era a cadeia de Eleutério, bairro histórico do município, às margens da rodovia.

O imóvel funcionou como cadeia pública até cerca de trinta anos atrás. "Durante a Revolução de 1932, as tropas paulistas mantinham sob custódia os federados capturados em combate", conta Rodrigo. "O prédio está abandonado, mas a impressão que se tem é de que a estrutura ainda está muito boa."

Quem abre a porta é Orlando Mazzei, o proprietário. Ele é gentil e nos deixa visitar todos os cômodos. Sinto uma mão negra me puxando pelo braço.

"Querem que a gente volte à noite?", pergunto. O *ghost meter* apita, concorda, pede que retornemos mais tarde. Orlando lembra que nesse horário não haverá ninguém para abrir a porta. João e eu tentamos convencê-lo a nos emprestar a chave, pois precisamos libertar esse espírito, ajudá-lo a encontrar seu caminho.

Enquanto isso, o *ghost meter* segue apitando. É forte o campo eletromagnético do local. "Voltaremos à noite para podermos conversar, tá?", busco tranquilizá-los. "É sofrido ficar preso, não é? Eu posso entender."

Orlando cede. Não nos empresta a chave, mas delega a função de nos acompanhar a um vizinho do lugar, morador de Eleutério. Combinamos o horário e retornamos.

Alcides Alves, portanto, é o nosso guia. Dentro da casa, o *ghost meter* indica que há muitas energias impregnadas nas paredes. "Não são espíritos, mas a energia dos que viviam aqui", comento.

Percebo que há muita oscilação eletromagnética em Alcides. "Tem alguém na sua família que foi benzedeira?", pergunto. "Minha avó", ele responde. "Era benzedeira e parteira."

Explico a Alcides que ele herdou o dom da avó. A energia está toda em seu corpo. "Que coisa linda. Meu amigo, não é o que queremos, é o que somos. Vai benzer, vai cuidar do povo, vai ser feliz, Alcides", recomendo. "O senhor tem um potencial muito bonito para ajudar as pessoas."

"Eu não faço mal para ninguém, sempre me preocupo em fazer o bem", responde ele. "Porque o mal, você sabe, já tem muita gente que faz."

Noto que tem alguém conosco. Alguém que foi preso ali há muito tempo. E mancava, puxava a perna. "Tinha um crioulo, chamado de Dito Coisa Ruim, não sei o nome dele de verdade, que gostava muito de montar a cavalo. E acho que tinha mesmo um problema na perna", recorda-se Alcides.

"Seu Dito, foi o senhor quem puxou meu braço e pediu para eu vir aqui, não foi?", pergunto "O senhor está precisando de alguma coisa?" Questiono se ele ainda estava preso em suas "maldades", se ele era "mau assim como diziam".

"Ele estava numa festa com uns companheiros e entraram numa banca para comer leitoa e frango. Ele tinha dinheiro suficiente para pagar a parte dele, mas os outros fugiram na hora de pagar", relata Alcides, que viu tudo pessoalmente. "O garçom não gostou, aí chamaram a polícia. Ele, desaforado, deu um tapa no quepe da polícia. Pronto, foi preso."

Dito ainda tentou fugir pelas grades da cadeia. Ficou com metade do corpo para fora, metade para dentro. Uma enorme angústia. Conseguiu, mas acabou ficando sem as roupas. E não é que voltou para a festa só de ceroulas? "Aí cataram ele de novo e o levaram outra vez para a cadeia", conta Alcides.

"O senhor precisa de alguma coisa?", pergunto. "Ninguém aqui o está julgando. Fique em paz." Senti que ele não precisava de mais nada, que era só aquilo mesmo.

Antes de irmos embora, torno a pedir ao Alcides que exerça seu dom. "Sensibilidade, quem tem, tem. Quem não tem, não adianta estudar", digo. "E eu faço reverência à sua avó, porque para mim benzedeira é a coisa mais sagrada que existe."

CAPÍTULO 19

ENERGIA VAMPIRA

O que nos leva a Laranjeiras do Sul, cidade de pouco mais de 30 mil habitantes no interior do Paraná, são as histórias vividas por muitos às margens do rio Tapera, que corta o estado. De tempos em tempos, relatos de uma estranha noiva de branco se somam ao imaginário local.

Convidados pela equipe de reportagem do portal de notícias *Cantu*, decidimos investigar. Primeiramente, conversamos com o policial rodoviário federal Silvino Migliorini. "São várias as histórias aqui na rodovia BR-277", narra ele. "Uma vez, por exemplo, um caminhoneiro parou aqui no posto rodoviário e pediu para descansar no pátio porque tinha visto coisas estranhas na estrada. Autorizei. Dez minutos depois, outro motorista veio, com a mesma história."

Em comum, conforme se recorda o policial, ambos diziam terem visto um fantasma ou uma bruxa. "Peguei o carro e fui até o ponto indicado. Mas não encontrei nada, é lógico", comenta Silvino.

Dezoito anos atrás, outra história semelhante. "Estávamos um companheiro e eu aqui no posto e, quando começou a escurecer, chegou um motorista dizendo que tinha visto uma mulher sem roupa a uns 2 km daqui, no acostamento", diz. "Pegamos a viatura, na época uma Belina, e fomos até lá, imaginando que na certa seria alguma pessoa com problemas mentais e poderíamos dar apoio."

Silvino conta que viram a tal mulher, no canto de uma plantação de pínus. "Quando fizemos a volta para retornar, ela havia sumido. Procuramos por mais de meia hora, sem sucesso", afirma.

"E tem também a história de uma noiva. Várias pessoas da cidade e também de fora já viram essa tal noiva. Sempre perto da ponte do rio Tapera", conta o policial. "Houve muitos acidentes atribuídos a essa criatura, porque ela aparece e assusta os motoristas."

Segundo o guarda, todos os casos costumam acontecer no cair da noite. "E todos os que a veem chegam apavorados", completa.

Na companhia do repórter Barbosa Neto, do portal *Cantu*, vamos até a casa do caminhoneiro Edemir Dalmolin, um dos que afirmam ter visto a tal noiva. "Quando vocês ligaram, eu até achei que fosse para fazer piada", admite ele. "Olha, nem gosto de falar dessa experiência porque me dá arrepios, mas é verídico. Muita gente já teve o desprazer de bater nela com o caminhão, como ocorreu comigo."

Edemir conta que o relógio marcava 22h30 quando ele, lúcido e tranquilo, passava pela ponte do rio Tapera. "Vi a mulher pelo acostamento. Aí ela veio para a pista, achei que fosse bater nela", recorda-se. "Tentei desviar, mas ela voltou e eu senti a pancada."

Não conseguiu parar, como se uma estranha força o impedisse. "Aí fui até a polícia rodoviária e quem estava lá era o patrulheiro Silvino", lembra. "Quando parei o caminhão, ele até deu risada. Eu era o quarto que atropelava aquela mulher naquela noite. Depois soube que foram onze casos seguidos."

Enquanto ele contava, o *ghost meter* apitava. Era a confirmação de que Edemir falava a verdade. "Ela tinha um cabelo loiro, estava com um jaleco, um capote por cima, andava com as mãos meio assim, encolhidas", descreve. "Eu bati na pessoa, senti bater. Mas no meu caminhão não ficou marca alguma."

Explico para ele que talvez seja alguém tentando se comunicar com o mundo dos vivos porque tem alguma necessidade. E como ninguém para o veículo para conversar, ela continua ali, em uma espécie de *looping*, gerando a mesma vivência. "Ela não está ali para assustar", concluo. "Não quero passar por essa situação de novo. É um troço muito esquisito", diz Edemir.

Há um relato recorrente na região que pode ter a ver com essa história. Uma mulher com paralisia nas mãos foi assassinada pelo marido. E, depois, jogada no rio. "Eu e meu cunhado ajudamos a encontrar o corpo. De início, pensamos que era uma criança, depois vimos que era uma mulher, meio deficiente", conta José Drabeski, morador da região. "O marido foi preso, mas acabou fugindo da cadeia."

Vamos até a ponte chamada de mal-assombrada. O termômetro oscila muito. De 5 ºC para 33 ºC, quando sabíamos que a temperatura correta naquele dia estava na casa dos 22 ºC. "É muito pesado o que tem aqui", comento. "Tem espírito, tem fantasma, tem de tudo."

Percebo muitos, mas não consigo identificar um por um. O *ghost meter* não para um minuto sequer, fica agitado. "Calma, amigos", peço. Estamos embaixo da ponte. "Aqui teve muita tragédia, muita coisa ruim, e acabou se formando um buraco negro", explico. "É um lugar onde as pessoas ficam mais vulneráveis à morte, porque o ambiente acabou se tornando propício para isso."

Converso com uma mulher que reclama. Ela morreu sem conseguir se despedir da família, provavelmente em algum acidente. "João, mesmo que à noite eu queira descer, pelo nosso bem, não permita, certo?", advirto. "Eles estão puxando as pessoas. Isso é pela saúde de todos nós."

À noite, como costumo fazer, inicio os trabalhos deixando claro que estou ali com muito respeito a todos e que minha missão é somente mostrar que existe o outro lado e ajudar aqueles que não conseguiram se desprender de algo aqui na Terra em seu momento de morte. "Sejam bem-vindos ao mundo em que vocês já viveram", anuncio. O termômetro marca -3,6 ºC.

"Você vem para assustar o motorista, atrapalhar o motorista e provocar acidente? Eu vou dizer: você não é a energia da morte. Pode ser qualquer coisa, mas não é a energia da morte. A energia da morte eu conheço", digo, com firmeza.

O *ghost meter* apita muito. "Em paz, em paz", peço.

Recomendo que os demais se afastem um pouco e sigo sozinha. "Não os traga aqui porque é perigoso", digo a João.

"Você é traiçoeira, não é? Quem manda você fazer isso?", interrogo. "Não, eu não vou até aí porque eu não sou boba. Eu já a vi de pertinho."

Trata-se de uma energia. Muito pesada, muito forte. Tão intensa que está embaçando os visores dos meus aparelhos. Não é um espírito, mas uma energia que pode se transformar, assumir várias formas.

"Coisa boa não é. Quer assustar, quer matar", comento. "Sente-se dona do lugar. Não é uma mulher. As pessoas tratam no feminino porque é uma energia."

Quando constato isso, a energia passa a zombar de nós, interferindo de modo aleatório nos equipamentos. Ela brinca, da mesma forma que gosta de fazer brincadeiras maldosas que terminam em acidentes. É para assustar.

Não é a natureza se vingando. Não é nenhum ser humano. É uma energia perigosa, capaz de gerar medo, curiosidade, tensão.

Na investigação, percebi que os espíritos que vinham à minha frente não falavam. Estavam hipnotizados, como zumbis, meio aéreos. A questão era que havia uma energia controladora, que queria jogar, que queria manipular os espíritos e toda a situação no local. Dei um tempo para conseguir entender o que estava acontecendo, ou melhor, com quem eu estava lidando. E, permitindo que ela fizesse seu movimento de energia, consegui perceber sua origem e intenção.

Houve um acidente. As pessoas que sofreram o acidente sentiram muita dor, e essa situação limite criou uma energia de angústia, de medo e de sofrimento que ficou pairando no local. Depois houve outro acidente, depois outro e assim por diante, e criou-se um sistema de realimentação daquela energia. Angústia, ódio, tristeza, tudo isso criou uma força negativa. Essa energia passou a causar mais acidentes, justamente porque deles se alimentava. Uma energia vampira.

"Você foi descoberta", fiz questão de dizer, para concluir o caso. Acredito que, com isso, conseguimos amenizar um pouco a situação.

CAPÍTULO 20

TÚNEL

Senti um chamado para ir a Cruzeiro, uma cidade que fica perto da divisa de São Paulo com Minas Gerais. Mais uma vez, iríamos mergulhar no universo da Revolução de 1932. Desta vez, a equipe iria com um reforço: nossa neta Natalia Ourique, que está sendo preparada para também se tornar uma caça-fantasmas.

É interessante a forma como às vezes sou conduzida para investigar em determinados lugares. Estávamos num museu em Monte Alegre quando ouvi uma voz me dizer repetidas vezes: "Vá ao túnel". Fiquei intrigada. Na manhã seguinte, recebemos o e-mail de um internauta relatando que no túnel da Mantiqueira, entre Cruzeiro e Passa Quatro, houve um episódio importante da Revolução Constitucionalista de 1932, com muitos mortos de ambos os lados.

"Este foi um dos principais palcos de batalha do movimento. Comprovadamente, 250 pessoas morreram pelo lado paulista, 96 pelo lado mineiro. Foi cruel", diz o professor e historiador Carlos Felipe do Nascimento, nosso guia na empreitada.

Antes de entrarmos no túnel até o qual seriam pelo menos trinta minutos de caminhada, analisamos os arredores. Há um jazigo perpétuo erguido às tropas federais que lutaram contra os paulistas, mantido pelo governo mineiro. "Esta santa, oca por dentro, foi feita com aço tirado das armas dos paulistas", explica Carlos. "Foi colocada aqui em 1933. Muitos vêm até aqui acender vela, pedir uma graça."

Quando ele começa a relatar os bombardeios na frente das trincheiras, a maneira desumana com a qual os soldados matavam uns aos outros, sinto um frisson, meu corpo treme. "Aqui tem pelo menos cinco pessoas enterradas", afirma o guia, apontando para o chão. "É uma sensação de vazio, como se fosse o caminho da morte", comento. "E todos aqueles montes de pedra que vocês estão vendo são jazigos de paulistas mortos", completa Carlos. "Em minhas andanças, já achei um fêmur, algumas armas e uma garrafa."

O professor não perde tempo. Enquanto vistoriamos cada canto, vai nos abastecendo com informações históricas e curiosidades da Revolução. "Eles tinham um lema incisivo", diz. "Clamavam: se eu avançar, me sigam; se eu recuar, me matem; se eu morrer, me vinguem."

Relatos de aparições no local são comuns. Há quem conte ter visto soldados marchando, outros citam pessoas caminhando, sobretudo à noite. "Tem gente que vem aqui intencionalmente para ver isso e até fazer trabalhos de macumba e simpatia", conta Carlos. "Eu já pernoitei aqui umas oito vezes. Nunca cheguei a ver nada. Mas não duvido, não." Basta ele dizer isso e nosso *ghost meter* se movimenta, em plena luz do dia.

"Eles estão falando para pedirmos licença", afirma Natalia. É quando nos damos conta de que entramos sem fazer a costumeira saudação. "Peço permissão para fazer o processo de investigação, com todo o respeito à história e aos que aqui morreram", digo.

A permissão nos é dada, mas com ressalva. Eles querem que fiquemos pouco tempo – dizem que o lugar é solo sagrado deles.

Carlos pede que perguntemos "para onde vai o valente?", que era uma espécie de grito de guerra dos combatentes. Quando dizemos isso, o *ghost meter* dispara. "Quem é que disse que vamos sair daqui à noite?", converso com eles. "Se tivermos permissão, vamos ficar, sim."

Estamos prestes a entrar no túnel. "Eu consigo perceber dois homens grandes. Eles estão atrás, querendo me empurrar", afirma Natalia. "Isso é normal. Eles querem que nós entremos", explico.

Começamos a caminhada. Alguns minutos depois, o *ghost meter* começa a oscilar bastante. Eles têm um recado: devemos nos sentar e esperar. "Ainda não está na hora. É preciso dar um tempo, ficar até mais tarde", comento.

Aproveito para explicar a Carlos que nunca criamos efeitos ou situações, que somos sérios. Só mostramos o que realmente encontramos. Respeitamos o sobrenatural.

Retomamos a caminhada. Peço para o professor prosseguir com suas explicações históricas. "Aqui dentro do túnel, muitos morreram, muitos desapareceram. E há relatos de gente que foi arrastada ferida por aqui", diz ele. Neste momento, sinto uma dor nas pernas, são as pernas quebradas de um espírito.

"Parece que tem uma mulher chorando", percebe Natalia. Nossas filmagens captam algo, o chamado *electronic voice phenomena* (EVP): uma voz feminina ao fundo. É interessante. Estamos em um local de muitas lembranças de solidão. Entrincheirados, os soldados deviam se recordar da família, da mulher, da mãe, da namorada. Analisando a gravação, percebemos, via EVP, o nome Ema, muito claramente.

Um espírito me diz que o local é muito perigoso. "Eu sei", respondo. "Mas viemos aqui para enaltecer essa fase da história." Natalia conta que viu um vulto preto caindo da parede. "Isto é uma energia", explico a ela. "Energia de sofrimento." Ouvimos mais vozes. Analisando os vídeos, identificamos de forma nítida a palavra ou o nome Esfiato. Nós duas sentimos uma forte pressão na nuca e decidimos parar novamente para descansar.

Recebo nova orientação. Agora eles querem que a gente vá até a boca do túnel, já em Passa Quatro. "Passou toda aquela angústia", comenta Natalia. Eu concordo com ela, tudo está mais leve.

"A paz é isto", digo. "Buscar um momento em que vocês tiveram paz e alegria. O importante é vocês se sentirem bem para poder seguir no caminho da energia suave e harmoniosa."

CAPÍTULO 21

PRESOS NO PASSADO

Cento e onze mortos. Este foi o saldo do massacre ocorrido em 2 de outubro de 1992 na Casa de Detenção de São Paulo, presídio conhecido como Carandiru por estar localizado no bairro homônimo, na zona norte da capital paulista. Inaugurada nos anos 1920, a penitenciária chegou, em seu auge, a abrigar mais de 8 mil presos, sendo a maior da América Latina.

Desde 2002, entretanto, o que resta desse passado é apenas a energia negativa impregnada, além de alguns espíritos erráticos, como pudemos constatar. O presídio foi desativado e deu lugar a uma bela área verde, batizada de Parque da Juventude.

Antítese forte, metáfora quase óbvia, onde antes funcionava uma prisão, agora reside a liberdade do conhecimento, das ideias, dos livros. Inaugurada em 2010, funciona ali aquela que é provavelmente a biblioteca mais moderna e arrojada do Brasil, a Biblioteca de São Paulo. O ambiente é colorido e os 30 mil livros dividem espaço com computadores, CDs, DVDs, jornais, revistas, etc.

Então, na companhia de uma equipe do programa *Domingo Legal*, do SBT, eu começo pedindo licença. "Não venho aqui para julgá-los nem condená-los", deixo claro. "E sim para mostrar que, independentemente do que vocês fizeram, a partir de agora podem se comunicar. Está tudo aberto."

Percebo de imediato: eles deixaram no local a energia da raiva, da dor, do sofrimento. "É o Dunga que está aí? Ou alguém que o Dunga mandou?", pergunto. Vejo o espírito de um ex-detento, alguém que foi morto e que tinha esse apelido. Os *ghost meters* confirmam a comunicação. "Fiquem à vontade, o espaço é de vocês", eu os tranquilizo. "Não somos militares, não somos juízes, não somos policiais, somos pessoas que viemos mostrar que a energia de vocês continua aqui."

Eles continuam demonstrando forte receio de que algum de nós seja policial ou delegado. Ressaltam que há policiais que não são bons.

Dunga quer passear. Sigo o caminho que ele determina. "Não culpo ninguém, não julgo ninguém. Só digo para vibrar positivo, para vibrar amor", oriento.

Ele me pede para levá-lo onde antes era o campo de futebol. Não sei onde é. Dunga insiste, diz que lá era o único local onde conseguia sentir prazer em fazer alguma coisa. "Eles estão presos no espaço negativo onde estavam", explico para a repórter Juliana Franceschi, que nos acompanha.

"Cortaram a sua cabeça, meu amigo? Que horror?", prossigo a conversa. "Querido, já passou. Não leve essa lembrança com você, não leve. Fique tranquilo, tá?" Tento mostrar a ele que não precisa guardar esse momento ruim. É só uma energia. Ele pode levar recordações melhores do que essa. "Todos vocês, mesmo tendo sido assassinos, estupradores, algum dia na vida tiveram lembranças boas. É a essa lembrança que nós queremos que vocês se apeguem", friso.

Noto que ali não vai adiantar oração. "Essa revolta não ajuda em nada. Pegue um passado seu, uma pessoa que você amou e lhe deu paz. Agarre-se a essa energia e siga o seu caminho", peço.

Dunga é malcriado. Responde que não quer.

Retruco. Peço para que não faça isso, que não aja assim, porque pessoas que ele deixou aqui podem estar pagando pelo que ele fez. "Se não é por você, que seja por alguém da sua família", insisto. "Não importa o que vocês fizeram. Minha lei é o amor."

Nesse momento, um dos membros da equipe de TV descobre o ponto exato onde era o campo de futebol. Vamos para lá. Os espíritos me acompanham. Estão felizes. "Aqui vocês se divertiam. Mas metade do tempo era briga, não é? Vocês brigavam que dava gosto!", comento. Explico para a equipe: Dunga está gostando da sincronia conosco, está conseguindo se libertar.

"Todos estão aqui", afirmo. "Uma turma boa. Tem um aqui que arrastava a perna." Vem outro, nova conexão. Quer puxar briga. Dou uma bronca. "A gente veio numa boa. Que feio, amiguinho, não faz assim." Ele argumenta que ao caminharmos por ali estamos atrapalhando o jogo de futebol deles.

Eles me pedem cigarro. Eu sabia que pediriam e, não à toa, trouxe um maço. Pergunto se alguém da equipe que nos acompanha fuma. Entrego o cigarro ao fumante e peço que trague, pelos mortos. "Você está fazendo um ato de caridade agora", explico. Fumar em nome deles foi a oração de que necessitavam.

Um deles me diz que era outra coisa que eles fumavam. "Mas isso não temos e não iremos lhe dar", respondo. Começo a rir, descontroladamente. Estou sentindo o efeito das drogas deles. É uma sensação muito difícil, estranha.

Outro tenta se comunicar. Está incomodado com o João. Pergunta se ele é capitão, se ele é militar. (João usa uma calça que parece de uniforme militar.) "Não, podem ficar tranquilos, isso é apenas fantasia", digo. "Eu não sou capitão, eu não sou militar", complementa João. Ele não está convencido, quer bater em João. "Acalmem-se, que estamos aqui para ajudá-los", peço a todos.

No fundo, eles estão extravasando uma raiva contra aqueles que os mataram. Digo que não posso defendê-los, mas explico que os policiais estavam apenas cumprindo ordens de superiores, a missão que lhes fora dada. "Sem as fardas, eles não fariam isso. E se vocês não tivessem sido ruins, nem fardados eles fariam isso", tento fazer com que entendam. "Então, meus queridos, se eles foram filhos da puta, vocês também erraram, viu?!"

Um deles começa a falar sobre a repórter Juliana. Diz que ela é gostosa. Diante do meu espanto pelo atrevimento, ele se corrige e afirma que a moça é bonita. É o Pequeno, um baixinho com jeito de malandro. "Ela é bonita, sim. Mas é casada e bem resolvida, tá? Você não tem vez", deixo claro. A repórter fica meio constrangida. "O que eu posso dizer? Desejo só coisas boas para você, que você encontre a luz, o seu lugar no espaço, o seu caminho", diz ela. "Estou com medo", confidencia, olhando para mim.

O termômetro começa a oscilar. Marca 3,8 °C. Depois, 8,4 °C. A temperatura real está bem agradável, na casa dos 19 °C. "Mas a sensação térmica é de muito frio", emenda Juliana.

Aos poucos eles vão se acalmando. Funciona assim: quando eles dizem o que querem, sentem-se ouvidos, tranquilizam-se. Mas deixo o recado para que não coloquem guardas fardados no Parque da Juventude. Quanto menos aparato militar, melhor. Que os vigias trabalhem à paisana.

O que vivenciamos ali, para mim, é mais uma prova de que o que somos depois da morte é justamente o que vibramos aqui em vida. Foi forte o contato com os espíritos dos presos que morreram no massacre do Carandiru e em outras inúmeras rebeliões ali ocorridas. Eles se identificaram, se apresentaram, revelaram seus apelidos e trejeitos.

Desse dia, destaco ainda a aversão dos espíritos à presença de militares, revelada pelo incômodo que sentiram só pela roupa camuflada de João. É por isso que os militares, eu sempre digo, precisam ter constante suporte psicológico.

Não só eles, aliás. Todos os profissionais que trabalham com situações negativas necessitam de uma preparação, pois tudo o que vivenciamos e geramos fora de casa, no trabalho, acabamos trazendo para o nosso conjunto de energias, agregando ao nosso universo. E se é algo negativo, certamente trará um resultado negativo para nossas ações e pensamentos. É preciso sempre uma reciclagem emocional, para não haver um abalo paranormal.

Ademais, nunca devemos julgar os mortos. Eles não têm mais corpo e, assim, a possibilidade de transmutar energias, de gerar um equilíbrio energético, de ter ações que criem energias transformadoras.

Cerca de seis meses depois, retornamos ao Parque da Juventude, desta vez na companhia de uma equipe do canal GloboNews. Não chegamos a fazer uma investigação completa, mas visitamos alguns pontos diferentes, verificamos ruínas de prédios e um muro remanescente, ainda preservado, do antigo presídio. Novamente obtivemos contato com espíritos e resíduos energéticos do passado do local.

Por fim, uma observação interessante sobre como o mundo sobrenatural está em constante movimento. No terreno onde antes ficava o famigerado presídio do Carandiru, o mundo dos vivos hoje é tão intenso e positivo que acabou criando um movimento que bloqueia o ciclo do passado. O mundo energético dos vivos predomina nesses locais, então não existe uma influência negativa derivada do passado negativo sobre as pessoas que por ali transitam.

CAPÍTULO 22

A LOIRA DO ARRANHA-CÉU

Somente ver o espírito não resolve a situação, não organiza a comunicação, não significa uma troca efetiva de informações, algo que traga o entendimento da situação. Ver é parte da paranormalidade, sem dúvida, mas o que completa o processo são o sentir e a telepatia. Presenciar o fenômeno é só uma engrenagem do processo da comunicação com espíritos e fantasmas.

É por isso que, apesar de muitos terem visto e, a seu modo, interagido com o fantasma deste caso, a situação só foi encaminhada com nosso trabalho, como sempre, cuidadoso e respeitoso.

Erguido entre 1960 e 1966, o edifício mais alto de São Paulo é uma cidade vertical: ali funcionam 146 lojas, 812 salas e sessenta salões comerciais. Doze elevadores servem ao prédio de 75 mil metros quadrados, onde trabalham 10 mil pessoas. Fica na avenida Prestes Maia, região central da capital paulista. Com 170 metros de altura, dez a mais do que o Edifício Itália, o Palácio W. Zarzur tem 51 andares.

Nosso interesse não está tão alto assim. Buscamos contato com uma loira que assombra o quadragésimo andar e estamos acompanhados por uma equipe do programa *Domingo Legal*, do SBT. Logo que entramos em um dos banheiros, sinto a presença dela. A forte variação do campo eletromagnético também é registrada pelo nosso *ghost meter*. "O que aconteceu com você, querida?", tento me comunicar.

Sou acometida por intensa dor de cabeça – é a energia dela passando isso para mim. Ela também devia sofrer com enxaquecas. "Eu acho que você era meio piradinha, não era? Não se ofenda, só estou fazendo uma leitura", digo para ela. "Você não tinha algum distúrbio, algum problema psicológico?"

Ela me pede um pouco de perfume. Pego um frasco em minha bolsa. "É cheiroso, veio da França", comento. Quando borrifo um pouco, os *ghost meters* todos se acendem. "É para você, querida. Eu trago para usar, mas posso lhe emprestar um pouco, sem problemas."

Percebo que ela quer se comunicar por meio de minhas mãos. Ela pede um batom. Vermelho. E, através de mim, escreve no espelho do banheiro.

V-I-T-Ó-R-I-A.

"É seu nome?", pergunto. Ela não deixa claro que sim ou que não, mas passamos a tratá-la por esse nome.

Vitória não tinha nem trinta anos de idade quando morreu. Acredito que tenha se matado, mas isso não fica muito claro em nossa comunicação. Ela alimentava uma forte ligação com alguém que trabalhava no prédio. Quando morreu, veio aqui para buscar a pessoa. E acabou ficando presa nessa realidade. É um fantasma.

Antigamente, não havia diagnóstico como hoje para alguns distúrbios como depressão, síndrome do pânico, essas coisas. Mas as pessoas já tinham esses problemas, é claro. Vitória era uma delas. Não aguentou tanta perturbação. Mas, hoje, a intenção dela não é assustar ninguém. Ela precisa mesmo é encontrar seu caminho.

O prédio também tem suas energias impregnadas. É antigo e já abrigou milhares de vivências. E, na sua origem, há uma sociedade que foi desmanchada abruptamente, por conta do assassinato de um dos sócios. A construtora do edifício se chamava Kogan & Zarzur, porque havia sido fundada pelos engenheiros Aron Kogan e Waldomiro Zarzur. Em 1960, o ano do início das obras, Kogan foi morto de forma um tanto misteriosa, dentro de seu automóvel. Zarzur prosseguiu, sozinho, à frente da empresa.

Em 1972, o trágico incêndio que consumiu o Edifício Andraus, na avenida São João, na região central de São Paulo, levou fumaça até o Zarzur. Pudera! Os dezesseis mortos e os mais de trezentos feridos trouxeram à tona a falta de segurança dos prédios paulistanos da época com relação a incêndios. E começou uma campanha difamatória de que o arranha-céu da Prestes Maia seria o próximo. Para desassociar a conotação negativa do nome, o dono da construtora resolveu rebatizá-lo de Mirante do Vale. Desde 2002, entretanto, em homenagem ao construtor, adotou-se o nome fantasia Edifício W. Zarzur.

Vitória está presa ao Edifício W. Zarzur, em *looping*, condensada, restrita a essa vivência. Podemos determinar que é um fantasma. "Por opção", friso. "Ela quer ficar aqui."

Pergunto se ela tem vergonha de ter se matado. Silêncio, nenhuma resposta.

Vitória me diz que tinha uma forte ligação com o bairro do Tremembé, na zona norte da cidade de São Paulo. Começo a entender: o homem por quem ela estava apaixonada morava lá. "Olha, amiguinha, eu não vou falar alto, mas vou pensar e você vai me responder, certo?"

Ela confirma exatamente o que estou pensando. Era mulher muito namoradeira, e por isso malvista na sociedade daquele tempo. "Hoje em dia, ficar com qualquer um é comum. Mas, naquela época, ser moça fácil era um comportamento que gerava comentários maldosos das outras pessoas", contextualizo.

"Então foi por isso que ela se perdeu? Por amor?", intervém a repórter Juliana Franceschi, que nos acompanha. O *ghost meter* apita fortemente. "Ela era namoradeira, né?", comento mais uma vez. "Foi por amor que você se matou? Isso acontece muito..."

Vitória pede para escrever novamente no espelho.

T-E A-M-O V-A-L-D-I-R.

Ela chora. Chora porque ainda ama Valdir, sente falta dele. "É triste, né?", digo. "Mulher é bichinho bobo."

Adoro essa sensação de conseguir ligar os universos para contar a história. Isso traz alívio a eles, pois precisam de alguém com quem conversar aqui do outro lado. E estamos conversando sem medo, sem julgamento, sem dizer que ela era uma moça muito assanhada. Está tudo bem.

"De repente, esse Valdir ainda está vivo. Vai que assiste ao programa?", comenta a repórter. "Quem sabe o trazemos até aqui para conversar com ela", acrescento. E o *ghost meter* acende, aprovando a ideia.

Quando caminhávamos pelo corredor, captamos um EVP. Uma voz feminina diz "alô", como se tentasse um contato conosco.

A cabecinha dela não era boa, mas antes de me despedir, procuro confortá-la, mostrando que, no fundo, somos parecidas. "Eu gosto de sapato alto, vestido decotado, gosto de tudo o que você gosta, tá, querida? Batom, perfume... Também sou mulher, né?", comento.

CAPÍTULO 23

TEATRAIS

Encontramos muitos espíritos e fantasmas no Teatro Municipal Maurício Alves de Oliveira Júnior, em Bebedouro, no interior paulista. Aliás, isto é comum em teatros do mundo todo. Porque artistas de teatro, músicos, dançarinos e técnicos têm assombrado, ou melhor, iluminado – no sentido pacífico e positivo – esses verdadeiros templos da arte e da cultura.

São pessoas que vibraram intensamente em suas existências, deram a vida pela arte, tiveram um canal forte de expressão de seus talentos e emoções. Então, quando surgem determinadas aberturas energéticas, elas voltam, aparecem. Para continuar dizendo: "Eu continuo zelando por este lugar".

Quem nos recebe é Walter Flávio Lopes, o diretor responsável pelo teatro. Com a experiência de quem trabalha na casa há 23 anos, ele nos apresenta a história do local, ao mesmo tempo que nos introduz aos relatos de aparições.

"É o caso do construtor deste prédio. Eu me lembro muito bem dele, pois morreu há mais de quarenta anos, quando eu era criança", conta. "Era um senhorzinho de 1,60 metro de altura que sempre usava paletó xadrez e um chapéu de palha." Flávio diz que são vários os funcionários do teatro que relatam terem-no visto debruçado ao canto do palco, assistindo aos espetáculos. "Eu mesmo já o vi, de relance. E sentia muito a presença dele aqui", afirma.

Ele também conta outra história. Certa vez, estavam montando uma peça chamada *Velório à Brasileira*, do dramaturgo mineiro Aziz Bajur. O espetáculo previa uma cena em que havia um caixão ao centro e um ator fazendo-se de morto. "E todos os outros participantes ficavam com as mãos sobre ele, lamentando sua morte. Em seguida, eles se afastam. Mas esse rapaz, o defunto, sentiu que duas mãos ainda estavam em cima dele, mesmo sem ninguém mais ali", narra Flávio.

Na montagem dessa mesma peça, ele me conta que chegou bem cedo ao teatro para os preparativos. Então, quando estava no camarim, ouviu um barulho, como se alguém estivesse arrastando o piano até o palco. Foi checar e não viu nada. O mesmo barulho, entretanto, foi percebido por uma atriz do elenco, que se assustou muito. "E a gente ouve muitos passos, frequentemente", diz ele.

Funcionário da casa, Paulo Henrique Alves confirma também ter visto aparições. "Um dia, eu estava repassando o som do teatro e notei um senhor sentado naquele canto, perto da cortina", comenta. "Achei estranho, porque o teatro ainda estava fechado. Pedi a um colega que estava mais perto que solicitasse ao senhor que se retirasse. Mas ele disse que não tinha ninguém ali. Então olhei novamente e não havia mais nada."

Depois, Paulo contou a história ao Flávio, descrevendo o senhor como um homem de roupa xadrez e chapéu. "É o dono do teatro", respondeu, laconicamente. "Poxa, que legal", disse Paulo. "Pois é. Ele morreu já tem quase cinquenta anos", retrucou Flávio.

Logo que entrei ali, senti que o local serviu para alguns velórios reais, não o da peça citada. Pergunto a Flávio, que confirma. "Foram três até agora", conta.

Flávio dá detalhes sobre o velório da pianista Léa Therezinha Pitelli Souza Lima, em 2002, o mais emocionante de todos. Entre 1992 e 1996, ela cuidou do Departamento de Cultura do município. "O caixão ficou no palco e, ao lado, eu coloquei o piano", relata Flávio. "Assim, as pessoas podiam tocar em homenagem a ela." Um gesto simples e bonito, que ilustra muito bem a devoção desse homem à arte e à cultura de seu município e o carinho nutrido pela artista que havia morrido.

"Ela está nos acompanhando", digo. "Ela vivia passando o lencinho assim, não é?" E começo a me comunicar com Léa, tranquilizando-a, dizendo que o Flávio está com a gente e que não vai nos deixar fazer nada de errado ali. "Ela está comigo desde a hora em que cheguei aqui", ressalto.

"Você conhece muito bem isso aqui. Aqui era o seu mundo, não era? Que bonito", comento. Léa concorda. "Eu entendo", deixo claro. "Vamos respeitar muito o seu mundo."

"Nós a amávamos muito", completa Flávio. "Era uma pessoa muito querida, com um trabalho importante." Digo

a ela que entendo perfeitamente a sua angústia, mas que não tem jeito, todo mundo morre. "Sei que ninguém quer, mas acontece", busco confortá-la. Léa tem um pedido: quer que cantemos o Hino Nacional. "Ela gostava muito de tocar o hino", confirma Flávio. "E também tocava *Tico-Tico no Fubá* e *Brasileirinho*, todo mundo pedia essas."

No ponto exato onde o caixão dela foi velado, o *ghost meter* apita bastante. Em seguida, quando nos aproximamos do piano, o aparelho também registra uma variação eletromagnética de extrema intensidade.

Peço que Flávio toque um pouco. "Para ela, é o mesmo que rezar", explico. Sinto uma forte dor no peito e pergunto do que ela morreu. "Foi câncer de pulmão", diz Flávio. "Ah, então é isso", compreendo o meu incômodo.

Léa pede que o palco esteja sempre aberto aos artistas. Tanto eu quanto Flávio concordamos. "É a preocupação de todos", emenda ele. "Se um dia isso acabar, a assombração aqui vai ser feia", digo e o *ghost meter* confirma.

Identifico outro espírito. Um senhor meio calvo, branco. "Era o Daniel, que foi responsável pelo teatro há muito tempo", contextualiza Flávio. Ele pede para falar com Rogério, um dos funcionários que nos acompanham. "Eu trabalhei com ele. Tinha ciúmes de tudo deste lugar, medo de que rasgasse uma cadeira, que alguém batesse um prego na parede", confirma Rogério, que trabalha no local desde 1995. "Eu tive muita amizade com ele."

Busco encaminhá-lo. Oriento-o a aproveitar o momento da despedida. Mas ele fica zangado, não quer se despedir. "Tudo bem, retiro a palavra despedida. Pode nos acompanhar. Mas não me empurre. Eu não tenho medo, mas não quero que me empurre", imponho.

"E quem era o brigão daqui?", pergunto. "Um magrinho, artista também..." Eles me contam sobre Mauro Penna, grande bailarino e também ex-secretário de Cultura. Quando morreu, em 2012, foi velado no teatro. "Como ele sempre dizia?", comento. "'Não é bem assim'... Pois é, amigo, vamos jogar conversa fora hoje, vamos botar o assunto em dia."

Mauro demonstra desgosto pelo estado de conservação do prédio. "Você não queria ver isso do jeito que está, certo?", lamenta Flávio.

Porém, o mais intenso ainda estava por vir. Flávio começa a perder o controle de si. Ele tenta se controlar. Eu digo que não adianta forçar nada, que é preciso respeitar. Ele incorpora e começa a recitar frases, sob outra voz, sob outra vivência. "Como sempre digo: a vida, a vida assim como as luzes, os palcos, cada luz, cada cor tem significado. Do amarelo é o ouro. O vermelho é a volúpia, a sedução. O azul é a tranquilidade, a tranquilidade da alma. O branco é a paz, a paz que todos almejam, a paz tão difícil de ser encontrada hoje. Mas temos de viver cada cor em todos os momentos da vida terrena", diz. "As cores vão se fundir e se tornar uma só. De um brilho intenso, um brilho ao qual todos seguirão e irão se encontrar na eternidade de Deus nosso pai."

Quando volta a si, Flávio está atônito. "Não sei o que aconteceu", balbucia. Os aparelhos surtaram na frente dele. Eu acho incrível quando esse tipo de coisa acontece, pois é uma experiência muito forte.

"Foi algo grandioso", comenta ele. "Com muita luz, algo foi me apertando, apertando, até que eu não conseguia mais me segurar."

Três meses depois, Flávio Lopes morreria, vítima de infarto, após o início das comemorações do 131º aniversário de Bebedouro. Recebemos a notícia com tristeza. Seu corpo foi velado no Teatro Municipal, tornando-se o quarto velório da história dessa casa cultural. Sabemos que ele está vibrando as emoções do teatro, as alegrias das fortes vibrações da vida.

CAPÍTULO 24

ERAM CELAS

Quando abordo certos temas, por vezes pareço estar repetindo as mesmas coisas. Mas me preocupo, sobretudo, com as pessoas que têm sensibilidade. Para que, primeiramente, analisem qual sua proporção paranormal e que tipo de sensibilidade possuem. Só então poderão entender a diferença entre o que foi gerado emocionalmente e a intenção por parte do espírito que apareceu para dar o recado. Isso é necessário e muito importante para que consigamos traduzir de forma correta a situação sobrenatural encontrada.

Vamos ao fato concreto. Visitamos a cadeia pública de Botucatu, no interior do estado de São Paulo, em 2014. Ela foi inaugurada nos anos 1970 e tinha sido desativada cerca de um ano antes da nossa ida ao local. Pelo que nos contaram, decidiram fechar a cadeia porque houve muitas rebeliões e várias mortes. Pedimos ao delegado responsável, Antonio, autorização para visitar o lugar. Ele nos autorizou, mas, infelizmente, somente durante o dia.

"Isso aqui à noite deve ser uma loucura", comento. "Tentamos vir à noite, mas não foi possível. De qualquer forma, já estamos contentes de terem deixado durante o dia", completa João.

Quando entramos, vemos um espaço em desconstrução. A cadeia está sendo desmontada, paredes quebradas, grades retiradas...

O *ghost meter* capta oscilações eletromagnéticas. "Quem sou eu para julgar as pessoas?", digo. "Eu não estou aqui para julgar ninguém, mas só vejo ódio e maldade, principalmente de quem usava esta cama aqui." Ao meu lado, há uma cama de alvenaria.

Percebo que não são espíritos, mas sentimentos impregnados. "Eu já estive em outros presídios antes, mas este aqui pegou muito mais esta energia", avalio. "Que ódio, hein?! A palavra ódio é pouco em comparação ao que vibra aqui. Tudo de ruim de um ser humano ainda está aqui."

Sinto ânsia de vômito. Intensa. "Isso é energia. Espírito não dá isso, não", comparo. "Eles tinham rancor, vontade de matar. Já tinham isso antes de serem presos, mas, aqui dentro, tudo simplesmente piorou."

Há recados rabiscados nas paredes. "A minha alma espera somente em Deus, Dele vem a minha salvação", leio em uma delas. "Vampiro Tatuí", em outra. O símbolo do

Corinthians também estampa uma cela. "Se meu futuro estiver traçado, eu vou até o fim do mundo para ver o resultado" está escrito em alguma outra.

Começo a fazer contato com alguém. Rato. Ratão. Acho que era esse o apelido. Um carcereiro que nos ciceroneia, que trabalhou ali por dezoito anos, confirma que havia um encarcerado que atendia por essa alcunha.

Ele parece incomodado com nossos comentários e, mais ainda, com minha dificuldade em adentrar nos extintos cômodos transformados em um canteiro de demolição.

"Não, não é preconceito, amigo", busco amenizar a situação. "É que está tudo muito molhado aqui e eu vim com um sapato muito sensível. Jamais teria preconceito. Independentemente de qualquer coisa, eu acredito que vocês são filhos de Deus."

Prossigo deixando claro que desejo que um dia eles consigam suavizar a carga ruim que eles mesmos criaram. "Vocês não podem culpar ninguém por essa energia", explico, sentindo um misto de nojo e mal-estar. "Não adianta colocar uma bibliazinha debaixo do braço, que isso não alivia. Jesus perdoa, mas você paga."

Rogo para que a energia do mal se afaste dos seres humanos, sobretudo das mentes mais fracas. "Saia do nosso planeta, do nosso universo", ressalto. Essas ruínas ainda trazem as emoções do que foi vivido pelas pessoas presas aqui.

Enquanto relembro o que presenciei para escrever estas memórias, me dou conta de que aquelas celas só tinham as vibrações do pior lado do ser humano. Não podemos dizer que é culpa apenas da família e da sociedade o fato de aquelas pessoas terem chegado a esse estágio de grande violência e maldade. Porém, tudo contribui: uma família desorganizada, uma criança sem suporte, uma sociedade que não dá oportunidades, a falta de fé. São pedaços que se somam à índole da pessoa, ao querer e aos sentimentos negativos de cada um.

E, repito, você leva depois da morte o que vibrou aqui. Isto é, quando você tem corpo, tem vida, tem espaço, tem atitudes, pensamentos, ações que se transformam em vibrações energéticas, que se juntam à sua essência, à sua energia de vida, à sua alma. Ao morrer, esse conjunto de vibrações negativas está preso à sua essência limpa do nascimento. Então, o peso do que se faz em vida é muito proporcional. Se foi forte, se teve continuidade, não se dilui tão facilmente.

Por essa razão, em nossas investigações são tão recorrentes os espíritos, fantasmas e energias que ainda vibram em nossa dimensão terrena. Trocando em miúdos: há pessoas que pesam areia, outras que pesam chumbo; alguns pesam um quilo, outras, uma tonelada. Esse peso é vibrado e não se dilui simplesmente porque eu quero ou porque alguma religião quer.

Também podemos ajudar nesses processos, claro. Parentes e entes queridos que ficam na Terra têm a capacidade de diminuir esse peso vibratório enviando energias positivas. Com esses fluidos, as energias negativas podem conseguir se desmembrar da essência. Mas é o que sempre digo: você é lá em cima o que você foi aqui embaixo. No meio do caminho, alguém pode fazer sua cabeça, convencê-lo a largar tudo e seguir uma religião, como se esta pudesse resolver a questão. É bobagem, eu afirmo. Pode até ser uma forma de tirar a pessoa dessa situação, mas você está agindo assim por medo, por insegurança? Ninguém precisa da religião para voltar a fluir positivamente. É preciso, sim, ter o arrependimento de alma.

Friso, é muito importante que não criemos fugas nem arrumemos desculpas nem culpemos o outro. Tudo é parte do que nos permitimos fazer, pensar e agir.

CAPÍTULO 25

O MENINO DO QUARTO BRANCO

Na histórica cidade de Ouro Preto, em Minas Gerais, a tradição de repúblicas estudantis em velhos casarões rende, há muito tempo, uma profusão de histórias e lendas envolvendo aparições de espíritos e fantasmas. A mais famosa delas é a da República Maracangalha.

Caminhamos um bocado para chegar a ela. A cidade é linda, com seus calçamentos de pedra. "Mas tem de ter força, resistência", comento. "Vou voltar para meus exercícios, porque a coisa pega aqui. Antes de vir passear em Ouro Preto, faça uma preparação física para conseguir encarar as ladeiras. E não traga salto alto, porque aqui não é lugar para eles."

Na cidade, relatos do menino do quarto branco mesclam-se com ingredientes assustadores e de indícios reais. Conta-se que a casa, muitos antes de ter sido transformada em república, era residência de uma família composta por pai, mãe e filho, ainda criança. Todos contraíram tuberculose e, como na época não havia tratamento adequado, os doentes eram obrigados a se isolar para evitar o contágio. Eles se tornaram reclusos na própria casa.

Com pena da desgraça daquela família, vizinhos passaram a deixar, diariamente, três pratos de comida à porta. Depois, os recolhiam vazios. Até que em um determinado dia, apenas dois pratos limpos retornaram, pois o pai havia morrido. Passou certo tempo e, um dia, apenas um prato voltou. Agora a criança estava órfã de pai e mãe. Então, chegou o fatídico, mas esperado dia, em que nenhum prato foi devolvido.

Decidiram abrir a casa para recolher o corpo do menino. Entretanto, nada foi encontrado. A criança havia simplesmente desaparecido. No cartório de Ouro Preto, dizem, há uma ata que registra a morte do casal e o desaparecimento do filho.

Em 10 de outubro de 1955, o político Juscelino Kubitschek (1902-1976), que seria presidente do Brasil do ano seguinte até 1961, adquiriu o casarão de oito quartos de uma tradicional família da cidade e o repassou para os estudantes da então Escola de Farmácia de Ouro Preto, hoje Universidade Federal de Ouro Preto. Era um sonho que o Diretório Acadêmico tinha compartilhado com o político mineiro, quando este, então governador de Minas, havia recebido um grupo de universitários em 1953.

A casa foi batizada de Maracangalha em homenagem à famosa canção de mesmo nome, composta por Dorival Caymmi. Desde então, passou a servir de moradia estudantil. Calcula-se que, de lá para cá, mais de duzentos estudantes tenham vivido ali.

Quando a república foi inaugurada, não havia móvel nem decoração remanescente na casa. Apenas, chumbado à parede, o retrato do tal menino. Por receio ou tradição, a luz do corredor onde fica o quadrinho é mantida acesa durante a noite.

Até hoje, são muitos os relatos de suas aparições. Há quem diga, por exemplo, que o quarto que pertenceu a ele é o único pintado de branco porque, das vezes em que se tentou pintá-lo de outra cor, ele amanhecia branco no dia seguinte.

Há também quem conte que, em uma festa de carnaval na república, visitantes de fora foram servidos por ele, pois, em seguida, o reconheceriam no quadro. E, certa noite, um hóspede que dormia na sala sentiu frio durante a noite e teria recebido um cobertor emprestado do próprio menino.

Logo que entramos na casa, eu já sinto algo intenso. O *ghost meter* confirma. Mas, ao menos nesse momento, não é uma criança. "É a energia de uma mulher, muito cansada, muito incomodada. Quer saber o que estamos fazendo aqui, o que queremos", explico. Tento sincronizar melhor com ela. Fisicamente, sinto um cansaço de alma, algo que capto da pessoa com quem estou falando. Trata-se de alguém que morreu na casa.

Quando chegamos perto da porta do quarto que era do menino, percebo a energia. "Está impregnado", comento. Tento me comunicar com ele. Pergunto se quer falar. "Está perdido, querido? Isso acontece, vamos ajudá-lo", digo.

"Calma, calma." Ele me diz que está triste porque ficou sozinho. Pede notícias da mãe. Está preso àquela época.

"Posso entrar no seu quarto? Posso?", pergunto. Primeiro ele não aceita. Depois, consente. "Bonito o seu quarto. Você brincava muito aqui?", falo. Ele me pede para brincar com ele. "Eu não sei brincadeiras do seu tempo. Ainda mais brincadeira de menino", digo.

Com a ajuda dos que me acompanham, vamos tentando enumerar e descrever os brinquedos de antigamente. Ele parece gostar de pião. Falamos sobre amarrar a cordinha e puxar, e o garoto se acalma. Ele insiste na vontade de ver a mãe. Tem saudade. "Vamos ver se ela aparece e leva você, está bem?", digo. Falo para ele que quero continuar conhecendo a casa, peço para que me guie pelos cômodos.

Ele me disse algo que acabei não revelando na época. Acharam o corpo dele na casa. A história de seu corpo nunca ter sido encontrado não passa de uma lenda. Esse mistério está resolvido. Eu me dou conta de que criaram essa história porque ele não foi tratado de forma decente. Fizeram isso para esconder a falha de alguém responsável pela saúde naquele tempo.

Outra coisa que comentei durante a investigação e gostaria de alertar. Não devemos fazer críticas negativas a pessoas mortas ou vivas envolvidas nas situações de uma investigação para não abrir possibilidades de os resíduos negativos se realimentarem.

Se, no local, os mortos estão dando alertas por meio de fenômenos paranormais, é porque eles não estão bem compensados, não estão em equilíbrio. Então chega uma pessoa, com sua arrogância, com seus julgamentos, que pode acabar abrindo um canal que entra na mesma sintonia de descompasso. Por isso, quando esses processos são realizados, há de se ter presente um paranormal consciente dessa responsabilidade, que tenha postura firme, que não traga os seus resíduos racionais e emocionais e que foque no processo paranormal.

Antes de partirmos, converso com alguns estudantes, moradores da casa. "Vocês são pessoas boas", comento, traduzindo a energia que me passam. Viro-me para um deles e pergunto se faz uso de drogas. Ele nega. "É, sua sintonia está muito limpa, você está muito bem", concordo. Trata-se do morador atual do quarto que havia sido do menino tuberculoso.

"Alguém da sua família esteve doente? Morreu alguém na sua família que ficou muito tempo acamada?", pergunto. "Sim, minha bisavó", ele me responde.

Conto que ela está ao lado dele. Tranquilizo-o de que a bisavó só quer protegê-lo. "Ah, querida", converso com ela. "Gosto muito quando vocês vêm proteger a genética de vocês. Ele está bem, mas a senhora pode continuar cuidando dele. Sim, sapeca e teimosinho ele sempre vai ser, mas a gente sabe que é um bom menino", continuo a conversa. Ela me diz que ele vai ser farmacêutico, mas que não deve parar por aí. Ainda vai estudar outra coisa, trazer ainda mais orgulho para a família.

"E quem teve um parente que tinha incontinência urinária no fim da vida", indago. Outro dos estudantes, Iuri Vinicius, levanta a mão. "Sim, minha bisavó usou fralda geriátrica no fim da vida", afirma.

Descrevo o jeito da bisavó: a doçura no olhar, o sorriso cativante e o jeito de apoiar o rosto com as mãos. Iuri sorri. Concorda. Acrescenta que a bisavó morreu aos 97 anos. Perguntei se ele costumava ficar ansioso durante a noite. Senti que ele estava passando por um nervosismo desnecessário. "É por causa dos estudos", limitou-se a responder.

"E você já pensou em algo como 'ai que vontade de largar tudo'?", perguntei. Ele disse que sim. Afirmei que isso poderia prejudicá-lo muito e sugeri que ele rezasse todos os dias para seu anjo da guarda.

Sete meses depois, Iuri cometeria suicídio.

Na verdade, quando descrevi o pensamento dele, essa sua vontade de largar tudo, dei uma amenizada. Captei, na verdade, que ele pensava "ai, que vontade de morrer". Claro que não quis comprometê-lo, nem induzi-lo a nada.

Depois, quando ficamos sabendo de sua morte, primeiro por um amigo e depois por uma prima, descobrimos que existia uma forma de maldição na família. Vários homens tinham se suicidado e há histórias de assassinatos entre eles.

Disponibilizamo-nos a ir a Minas novamente para falar com a família dele e tentar desmanchar essa maldição, mas não obtivemos resposta.

Herdamos doenças, problemas psicológicos, determinadas neuras que são motivos e origens de problemas graves que podem se repetir em diferentes gerações de uma família. Mas olhando a situação pós-suicídio pelo ângulo sobrenatural, aqueles estudantes e suas capacidades convivem num mundo energético em que o passado às vezes se mescla com o presente e o coletivo deles, e é uma questão complicada.

Independentemente de qualquer coisa, eles teriam de ter se reunido, as famílias terem ido lá, alguém ter feito um almoço, uma janta para todo mundo, algo assim.

Não larguem seus filhos. Energeticamente, eles ainda são crianças. Gostaria de comentar um assunto que, de vez em quando, vem a mim. Muitos jovens que saem para morar ou estudar fora, que vão viver longe da família, ainda têm a mentalidade de crianças, uma estrutura emocional totalmente dependente da família. Não conseguiram romper os elos. Além de não estarem preparados, não têm um apoio psicológico forte para se adaptar a essa nova situação.

Nossa sociedade destrutiva acaba criando uma cobrança muito forte sobre esses jovens, que têm que ir para a faculdade, fazer isso e aquilo. As pessoas parecem não se perguntar se o jovem está preparado. Some-se a isso a cobrança da família para que o filho siga os passos do pai e por aí vai. Eles não observam se o adolescente está maduro para isso.

Então, antes de permitir que nossos filhos deem esse passo, temos de nos certificar de que têm estrutura emocional. Temos de estar certos de que é isso que querem ou se estão sendo influenciados.

Já chegaram a mim casos de jovens com grande potencial que foram fazer intercâmbio e voltaram totalmente desestruturados profissional e emocionalmente. O que era para ser bom destruiu a psique e criou um grande problema – e vieram me pedir ajuda.

Para mim, este processo serve de alerta. Um alerta muito sério. Quem sabe esses jovens não deveriam amadurecer mais um pouquinho antes de sair de casa. Para romper uma história e sair para o mundo.

Isso não é uma regra, claro, mas há pessoas que precisam de mais amadurecimento. Observem os gritos de socorro que muitas vezes não vemos, não ouvimos.

CAPÍTULO 26

APENAS UMA QUESTÃO DE ORIENTAÇÃO

Era uma vez uma casa na zona rural de Caiçara, município do Rio Grande do Sul. Ali viviam um casal e seus três filhos, um menino e duas meninas. Seria uma vida comum, pacata, não fossem os estranhos fenômenos que eles presenciavam e com os quais conviviam.

Socos nas paredes, pedras caindo no telhado e dentro da casa – ainda que as portas e a janelas estivessem fechadas –, objetos que se mexiam sozinhos e utensílios de cozinha disparando contra o chão. Além disso tudo, a família ainda tinha de conviver com o preconceito e o falatório da vizinhança.

Chamaram a polícia diversas vezes. Nada adiantou, evidentemente. Chamaram um sujeito que se dizia exorcista e também não resolveu: o exorcismo foi uma mentira, pelo que constatei em vídeo gravado; o que aconteceu, na verdade, foi uma catarse emocional.

Foram ainda acionados religiosos de todos os tipos. Cada um pintava o quadro com as tonalidades de suas crenças, sem usar sua percepção para ver o que de fato estava acontecendo. Além disso, só para agravar o problema, equipes de TV passaram a procurá-los, em busca de sensacionalismo barato.

A casa acabou sendo demolida, por desespero dos moradores que acataram a sugestão de alguém. João e eu ficamos sabendo dessa história graças a amigos internautas. Decidimos ir até lá.

"Nós, os aventureiros paranormais, vamos a Caiçara", empolgou-se João. "Acordei muito angustiada", respondi a ele. Durante a noite, eu tinha viajado de forma energética até aquela casa. Fiquei muito chorona. Voltei com todo o sofrimento da família, o medo, o medo do preconceito, a menina mal resolvida. "Vamos, João", concordei. "O bem-estar das pessoas deve estar acima de tudo. Essa família está sendo fortemente perseguida."

Com muito custo – já que o endereço da família vinha sendo mantido em sigilo –, chegamos ao local onde eles estavam morando. Percebemos que estavam bastante traumatizados, pois de início não quiseram nos atender.

Longe das câmeras, conversamos com eles e expomos nossa intenção de ajudar. No dia seguinte, a mulher, a dona da casa, nos ligou. Eles haviam concordado em nos levar até o sítio onde viviam até a demolição da casa.

O cenário era triste. De um lado, o entulho do que antes era o lar deles. No galpão onde criavam galinhas, estavam amontoados todos os seus móveis e pertences pessoais. Em respeito, decidimos não gravar nada.

Expliquei para eles o que tinha acontecido. Que o exorcismo não tinha sido um exorcismo e que não havia nenhuma energia demoníaca na família. Na realidade, uma das filhas adolescentes tinha entrado no clima da situação. A pressão e a cobrança, atreladas à sensibilidade dela, acabaram fazendo com que seu inconsciente se manifestasse por meio de gritos, debatendo-se, acreditando e fazendo crer que ela e a família estavam possuídas.

Tive uma forte sintonia com a menina. Os fenômenos diminuíram e as coisas se acalmaram. Dois meses depois, eles nos autorizaram a voltar e permitiram que fizéssemos gravações.

Nessa nossa segunda visita, pudemos analisar com detalhes o que acontecia. A casa já tinha sido reconstruída, estava pintada, estava tudo em ordem. E eles nos hospedaram lá por três dias.

Como sempre digo, só fazemos o nosso trabalho para ajudar as pessoas. Um paranormal não pode usar sua capacidade para fazer mal aos outros. Infelizmente, há os que erram, e erram feio, e por conta disso pagam com a própria vida.

Encontramos duas pessoas, as duas meninas que tinham paranormalidade aflorada. São pessoas que traduzem suas experiências que não têm nada de errado, nada de demoníaco. "Essas sensibilidades, de alguma forma, estão florescendo. É algo que se abre aos poucos", explico aos pais.

Somos razão, emoção e sensibilidade, naturalmente. Dentro de um fenômeno, existem as três facetas. "Se a sua filha não tiver o suporte, o conhecimento, ela vai abrir a sua porta e, sem perceber, vai captar energias que nós aqui na Terra chamamos de negativas", alerto. "Porque pode ser a energia de um espírito que morreu agoniado, desesperado, com sentimento de vingança. Ela vai captar essa energia."

Enquanto conversamos, os *ghost meters* não param de registrar oscilações do campo eletromagnético. "Os aparelhos estão surtando. Eu estou sentindo. Mas eu adoro meus aparelhos", comento.

Nosso papel ali é orientação. Conversei muito com a menina. Ela é organizada, está estudando, buscando conhecimento. Ainda é adolescente, então é normal que cometa erros. Precisa de amadurecimento.

"Graças a Deus veio um casal especial para nos ajudar. Eu digo isso porque todos os que vinham antes só queriam insultar", agradece o pai.

"O mistério é criado por falta de conhecimento, a ignorância de não conhecer", respondo a ele. "Paranormalidade é viver na pele." Explico que as meninas não podem admitir ser chamadas de bruxas nem de nada pejorativo. Precisam ser respeitadas.

Começo a conversar com as energias que estão ali. "Achamos o fio da meada, mas queremos fazer um acordo. Não podemos deixar que vocês venham perturbar esta família", peço.

Demonstro meu respeito. Digo que não quero afrontar nem julgar ninguém, só pretendo organizar para que as coisas fiquem bem resolvidas e a família tenha paz.

Cheguei à conclusão de que a paranormal, a que provocava os fenômenos, era a menina de dez anos. Criada pelo casal, ela é, na verdade, prima da dona da casa. Já vinha de um quadro de insatisfação familiar porque, quando o pai morreu, a mãe não conseguiu criar os filhos e a entregou para parentes cuidarem. Ela morou com outra família, mas não deu certo, até que essa a acolheu. "Uma família simples, trabalhadora, cujo dia a dia está na lida com os animais e nos serviços da roça, tirar leite de vaca, criar porcos e galinhas, fazer sabão. Não é uma coisa fácil", avalio.

A menina, sentindo-se rejeitada e sem saber que era uma paranormal, acabou extravasando os fenômenos ao mesmo tempo que sofria uma forte pressão emocional por conta de sua angústia.

Criava os fenômenos com o objetivo de chamar atenção para uma situação que a incomodava. As pedras materializadas eram uma forma agressiva de externar a situação de sofrimento em que vivia. E foram tantas análises, tantos julgamentos e tanto *bullying* do povo, que o quadro só se agravou.

"Nesse caso, eu não entrei com minha razão e meu julgamento", afirmo. "Entrei com uma energia, com a intenção de harmonizar a psique de todos da família, harmonizar a menina que criava os fenômenos e dar informações para eles se tranquilizarem, para não acelerar esse processo negativamente."

O processo energético que realizei para organizar a situação foi algo que percebi na hora. Não apliquei nenhuma fórmula pronta. Foi levando em consideração todas as variáveis do local, o histórico da família e da menina, os estágios emocionais, racionais e paranormais que cheguei à solução para o problema que existia. Não vou detalhar o que fiz, porque não quero que nenhum racional tente reproduzir essa receita em outra situação e crie ainda mais problema.

O importante é que a orientação continua. Converso com a família pelo menos uma vez a cada dois meses. Os fenômenos pararam e eles puderam retomar a vida normal.

Em nosso próximo retorno a Caiçara, receio que nem terei trabalho. A visita será apenas para comer um bom churrasco gaúcho com esses queridos, que se tornaram nossos amigos.

CAPÍTULO 27

A NOIVA E OS ESCRAVOS QUASE LIVRES

Nossa próxima parada é em Itupeva, município do interior paulista onde não faltam histórias de assombrações. Márcio de Souza Capitão, coordenador municipal de Turismo, nos leva para uma estrada chamada por jipeiros de trilha do fantasma.

"O interessante é que os jipeiros deram esse apelido para esta rota sem saber que já existia uma lenda anterior a esse respeito no mesmo local", conta ele. E começa a explicar.

Um grupo de motoristas fazia uma trilha pela região quando, ao chegarem a determinado ponto, pararam para abrir uma porteira. Eram dois ou três que estavam à frente dos demais, justamente para preparar o caminho. Alguns minutos depois, enquanto eles aguardavam o restante dos jipeiros, a porteira se fechou sozinha. Não havia vento nem inclinação que justificasse. O fato os deixou bastante intrigados. Mais um tempinho se passou e a porteira tornou a abrir, sozinha. Aí começava uma lenda entre os aventureiros. E a alcunha "trilha do fantasma" pegou.

Porém, o que eles não sabiam, justamente por não serem moradores da região, é que no mesmo lugar já havia a história da noiva fantasma. Décadas antes, uma mulher passava de charrete por essa mesma estrada, vestida de noiva, a caminho de seu casamento. Naquele mesmo ponto, o cavalo refugou, talvez assustado com alguma cobra ou coisa assim.

"A charrete pendeu na ribanceira e eles caíram", conta Capitão. "A moça morreu e, a partir dessa data, pessoas daqui da comunidade passaram a relatar aparições de uma noiva fantasma. Eu mesmo já conheci quem garante ter visto o vulto dela."

Um dos exemplos mais conhecidos dessa história foi quando uma ponte estava sendo construída nas redondezas. Um caminhão vinha com frequência de São Paulo para trazer material de construção. Numa das vezes, houve um problema na viagem e o caminhoneiro chegou mais tarde do que o normal, quando os operários da empreitada já tinham encerrado o expediente.

"O motorista resolveu, para não perder a viagem, dormir por aqui mesmo, na boleia. Aí deixaria o material no dia seguinte e, só então, retornaria a São Paulo", narra nosso cicerone. "No meio da madrugada, entretanto, ele viu um clarão fora do caminhão. Abriu o vidro e era uma moça, vestida de noiva, que falava com ele. Parecia perdida e perguntava se havia visto o noivo."

Conta-se que ele ficou apavorado, abriu a porta do caminhão e desceu para socorrer a mulher. Mas ela desapareceu em seguida. "Quando o dia amanheceu, ele perguntou para os moradores se houvera algum casamento na véspera, algum caso de homem que abandonou a noiva sozinha no altar, algo assim", diz Capitão. Falaram para ele sobre a lenda.

Ficou tão assustado, tão desesperado, que se esqueceu de descarregar o material do caminhão e voltou imediatamente para São Paulo.

Enquanto Capitão nos conta a história, começo a me comunicar com a noiva. O *ghost meter* toca, um claro sinal de que a moça está ali com a gente. Ela acha que está viva. "Olha, é um prazer conhecê-la, querida. Mas você está morta", digo.

Decidimos voltar à noite. Mal descemos do carro e o nosso aparelhinho já detecta variações eletromagnéticas. "Você passou medo aqui, amiga? Não é fácil, eu sei", comento com a noiva. "Vejo que é uma moça muito bonita."

Ela insiste em não aceitar a própria morte, nos convida para sua festa logo mais. "Não, querida, não vamos para sua festa. Não teve festa, não teve casamento. Era para ser um dia importante, não era?", procuro compreendê-la. "Que zebra! Bem no dia do seu casamento, você vestida de branco... Toda bonita..."

O fantasma da noiva ficou ali porque foi o momento mais intenso da vida dela. Está no intemporal. Tão intenso que, como não foi vivenciado por completo, ela não conseguiu se libertar do local. Um fantasma não tem noção de como se desvincular do terreno. Preciso guiá-lo, explicar, fazer o que o espírito quer. Só assim ele poderá entender e seguir seu caminho.

Pergunto para ela se precisa de uma oração ou algo do tipo. Com um pouco de paciência, consigo entender e traduzir aos demais: a noiva quer um buquê. "Calma, amada. Eu vou fazer um para você. É a vida, a gente leva essas recordações. Você perdeu o seu na ribanceira?", comento com ela. João se prontifica a procurar algumas flores no escuro, no meio do mato.

"Tome cuidado com esse precipício", advirto. "A morte atrai, lembre-se disso, João." Digo a ele para arrumar raminhos bonitos. Então me dou conta de que o chão está cheio de flores brancas, caídas da árvore às margens da trilha. "Ela achou um lugar com flores para ela", constato. Improvisamos o ramalhete. "Branco, porque antigamente era toda de branco que moça virgem se casava", acrescento. A noiva parece se acalmar com nosso gesto, mas argumenta que o dela era maior. "Eu sei, querida. Mas este aqui é simbólico", respondo. Pergunta se eu vou dar o buquê para alguém. "Claro que não. Este é seu. Mas você já está morta e não se casou. De qualquer forma, não vamos transferir nada para ninguém, certo?", explico.

Viro-me para a ribanceira e, com todo o respeito que é característico do nosso trabalho, digo que espero que o ramalhete que fizemos a ajude a ter a paz de que precisa. "Leve com você, leve na luz, na paz e no amor", rogo.

Peço que os demais se afastem um pouco. É um momento muito intenso. Eu a vejo, subindo ao nosso encontro, da maneira como morreu, toda machucada, toda suja.

Deixo as flores na borda do precipício.

A noiva ainda pede uma canção católica, das antigas. Cantamos *Mãezinha do Céu*. Ela quer que rezemos uma salve-rainha. Assim o fazemos.

Acredito que ela tenha encontrado a paz. O ramalhete, que ela perdeu na queda, era o símbolo de sua relação de amor com o amado. "Ela passou muito tempo atrás do noivo e atrás do portal de saída deste mundo", explico. "O buquê é a libertação, é a aceitação. A energia tomou a consciência de que morreu antes de passar o buquê, antes de atirá-lo para outras mulheres solteiras."

Contudo, nosso trabalho em Itupeva ainda não havia se encerrado. Ainda iríamos ao bairro do Quilombo, uma histórica região rural do município. Conforme nos conta Thales Puglia Barbosa, assessor da prefeitura, esse nome veio porque antigamente aquelas terras eram de um fazendeiro chamado José Estanislau do Amaral, avô da famosa pintora modernista Tarsila do Amaral (1886-1973). Era a fazenda Santa Tereza do Alto.

"Como todos os fazendeiros da época, ele tinha escravos. Mas os deixava em liberdade", diz Thales. Ou seja, os homens trabalhavam na fazenda, mas no tempo livre podiam ter uma vida mais próxima do normal.

Isso fez com que os mascates, tropeiros e mercadores que cruzavam a região começassem a tratar o lugar de modo pejorativo. "Desdenhavam. Diziam 'isto aqui parece um quilombinho'", contextualiza o assessor. "Com o tempo, o nome pegou."

Afirmo que a família foi abençoada pelo que fez. "Certamente essa conduta gerou muita energia positiva. E isso está presente até nas gerações atuais da família, dentro de uma espiritualidade natural", avalio.

Entramos em uma antiga senzala. "Que coxudo", exclamo, ao ver um negro de pernas muito grossas. Eles pedem que eu cante uma música do tempo deles, das que cantavam nas senzalas. "Não sei, querido", confesso. Em seguida, dizem para acendermos uma vela. Não pelo ritual, mas porque está muito escuro. Outro tenta se esconder de nós. "Não precisa ficar escondidinho, querido. Eu não vou deixar ninguém fazer mal a você, fique tranquilo", interajo. Noto que o medo é grande.

Há muitas energias impregnadas nas paredes. Explico que nem todo branco é mau, apesar de no tempo deles a maioria realmente os tratar com maldade. Pedem para jogarmos capoeira. Capitão se lembra de uma música, João arrisca uns passos. "Disseram aqui que o João é exibido", comento, rindo. Com o gesto, o *ghost meter* comprova que eles se acalmaram.

Nenhum relato de senzala é positivo, nenhuma história de senzala foi construtiva. Mas existiram pessoas, como as da família de Tarsila do Amaral, que tiveram a postura de respeito ao ser humano. Eles conseguiram, dentro da visão e do limite que a sociedade impunha e da necessidade de mão de obra, dar liberdade e respeitar os negros.

É um exemplo de que as coisas não precisavam ter sido feitas daquela forma violenta e desumana, porque se os Amaral e muitos outros conseguiram, era possível outra forma de lidar com a situação.

A escravidão é algo hediondo que ofereceu condições ao ser humano de expor o seu lado mau. É por isso que existem muitos lugares mal-assombrados onde houve escravidão, onde existem relatos de fantasmas de escravos e das pessoas que lhes fizeram mal. Os fantasmas dos escravos estão ali soltos e apavorados, e os que praticavam o mal também, estes pelo peso das atitudes violentas em vida, negativas e destrutivas. E nenhum dos dois lados consegue se libertar. Ambos pararam em vibrações diferentes: os escravos pedem clemência e os brancos vibram negativismo, pois geraram situações destrutivas e violentas.

De que os escravos precisam? De alguém que os veja, que converse com eles e que não os julgue. Alguém que os direcione e lhes dê o acalento que não tiveram. Os brancos e negativos necessitam de alguém que lhes mostre que fizeram coisas erradas e deixe claro que eles têm de sair do ciclo de comando negativo.

Quando conseguem reciclar, não vão para o mesmo lugar, até pelo ressentimento guardado dentro das pessoas pelo comportamento que ali tiveram.

CAPÍTULO 28

HOTÉIS DE ARAXÁ

Imponente, o Grande Hotel e Termas de Araxá é considerado o maior castelo do Brasil. Erguido entre 1938 e 1944, na cidade mineira homônima, ele foi inaugurado com a presença do presidente Getúlio Dornelles Vargas (1882-1954) e do governador de Minas Gerais, Benedito Valadares Ribeiro (1892-1973).

É lindo. João e eu ficamos deslumbrados com as acomodações, com o estilo arquitetônico – semelhante às antigas construções coloniais da América espanhola, presente em países como Venezuela e Colômbia – e com os jardins, assinados pelo renomado pintor e paisagista Roberto Burle Marx (1909-1994). Internamente, seu estilo é neoclássico, repleto de colunas, capitéis e arcos. Revestidas de barro avermelhado, suas paredes conferem um toque de simplicidade e acolhimento.

Desde 2010, ele integra uma rede de hotéis, a Tauá. O bom gosto se manteve. O grupo preserva a história do lugar e o contexto em que ele foi criado.

Mas é claro que não foi apenas para admirá-lo que viajamos até a região do Triângulo Mineiro. Em um lugar que já hospedou tantas pessoas ao longo de gerações, as energias impregnadas são a garantia de que teremos o que investigar. Quem faz as vezes de guia, apresentando-nos cada canto do hotel, é o restaurador de patrimônio da empresa, José Maria Dias.

Quando passamos pelo Solar dos Araxás, também chamado de Salão Azul ou Salão de Inverno, nosso *ghost meter* é acionado pela primeira vez. "Este lugar é muito especial", confirma José Maria. "É o canto favorito de todos os presidentes e governantes que já vieram e vêm a este patrimônio." Quando aponto o aparelhinho para o sofá, ele afere uma forte oscilação eletromagnética. É natural, pois trata-se do local onde as pessoas sentam e deixam sua marca.

Pergunto ao José Maria quem era o homem que costumava caminhar por ali de braços cruzados para trás, sempre pensativo. "É o Divino", responde ele imediatamente. "Ele trabalhou aqui no hotel." O *ghost meter* confirma sua presença. Estamos com companhia.

Em outra cadeira, sinto a energia de um poderoso. Era barbudo. Penso em traduzir que era um ditador, mas confesso que não estou certa disso. "Mas ele tinha um jeito forte de falar. E era um homem elegante", descrevo. "De poucas mas certeiras palavras. O que dizia, fazia. Não sei se era presidente, mas tinha autoridade."

Prosseguimos em nossa caminhada. Agora estamos em frente ao hall de entrada do Salão Minas Gerais. Hoje, é um espaço utilizado para eventos, mas, nos primeiros anos do hotel, ali era o cassino. "Você tem noção de quantas pessoas perderam a vida por causa de um vacilo com o jogo?", provoca José Maria. "Jogaram a vida fora."

Percebo que a energia ali está realmente forte. E o nosso aparelho confirma o que digo. "A sensação é de oba-oba", comento. "Mesmo naquele tempo, as coisas não eram muito decentes, não. Esse oba-oba se refere a coisa interessante, festa, gandaia, a 'para quem eu vou olhar agora', 'para quem depois eu…' Deixa para lá, certos termos eu não posso dizer, ainda mais por ser uma senhora."

Alguns minutos depois, entramos na robusta e espaçosa suíte presidencial. As autoridades não iam a esses locais para descansar, mas para fazer política e todas as variáveis que o termo compreende. Fico imaginando quantos e quais foram os poderosos que já pernoitaram naquele espaço, por vezes tendo momentos felizes, em outras enfrentando longas e penosas noites de insônia, cheios de problemas na cabeça, e em muitas apenas aproveitando uma noite animada.

"Então, vamos definir o Brasil hoje?", pergunto. "Alguém quer se manifestar? Quero a opinião de vocês sobre o país hoje. Vocês também já fizeram muita coisa errada, não é? Então nem dá para julgar muito."

Quem está no poder e morre, leva uma sina muito grande. É difícil sair de alma limpa. Noto que há uma enorme energia emanando da poltrona. "Alguém que se sentava aqui tinha uma força intensa", diagnostico. "É aqui. Pode se comunicar. O que você fez de errado? Ficou aqui sentando esperando uma resposta?" Ao que parece, alguém passou muito tempo recostado aqui aguardando o desfecho de uma negociação.

Aos poucos, interagimos. Ele reclama que, quando se está num posto de comando, todo mundo cobra e ninguém compreende o peso da responsabilidade. "Concordo, sei como é", respondo. "Está se sentindo sufocado, né?" A energia ficou impregnada no encosto da poltrona. É muito intensa.

"Você sabe que fez algo de errado e ainda fica se sentindo assim? Vamos devagarinho, amigo, faz muito tempo que você não se comunica com os vivos", oriento. Vejo que é um homem baixo, de pés pequenos.

Arriscamos que pode ser Getúlio Vargas, o próprio. "É o seu Getúlio?", pergunto. O *ghost meter* confirma. "Quanto tempo, seu Getúlio..."

O contato com o espírito do ex-presidente é muito forte. Como em tantos outros contatos que tive com governantes, vibrava o fazer político. Ao senti-lo, percebi que ele tinha uma enorme ganância, não por dinheiro, mas por poder. Acho que esse homem era meio complexado, quer dizer, ele usava o poder, a arrogância do domínio, e acabou ficando mais um pouco na suíte presidencial realimentado por todo o processo político que ainda existe. Foi ali onde ele conseguiu extravasar as suas frustrações e realimentar seu ego.

Vargas demonstra angústia. Reclama que foi traído. "Mas para quem está na política, é assim mesmo. Todo mundo acaba traído", tento acalmá-lo.

No entanto, ele me conta detalhes impublicáveis. Explica que a história da traição não foi simplesmente política, que tratou-se de algo muito diferente, que não vou reproduzir porque não quero confusão. Ele me disse que ninguém faz ideia do que de fato aconteceu no episódio de seu suicídio. Mas vamos deixar a história para os historiadores. O importante foi que ele se comunicou, e isso basta para trazer a leveza de que precisa para encontrar seu caminho. Só vou dizer que foi uma mulher que o expôs e o dedurou, que o fez chegar ao desespero. Nem mesmo os mais próximos sabiam das ameaças que ele sofreu.

Um conselho para todos: muito cuidado com as pessoas que botam para dentro de casa para trabalhar. Você só vai saber quem elas são de verdade, conhecer seu caráter, quando precisar lhes impor limite. Então verá o que são capazes de fazer com as informações a que tiveram acesso.

Quando Vargas precisou enquadrar essa mulher, que hoje está morta, ela estava se achando muito importante. Então, reagiu contra ele. A situação durou muito, mas por um bom tempo ele conseguiu manter as coisas sob controle.

Quando saímos da suíte, encontramo-nos com Rosemeire, a supervisora da governança. Ao notar o que estamos fazendo, ela relata que, certa vez, duas camareiras estavam limpando um apartamento quando viram uma criancinha loira de vestido passar. Foram checar e a menina tinha desaparecido.

Começo a sentir dor nas pernas. É uma nova comunicação. "Havia alguém com problema nas pernas aqui? Uma senhora muito bem-arrumada, muito elegante, parece que tinha problema de asma ou bronquite ", descrevo.

Os antigos funcionários reconhecem que estamos falando de uma mulher conhecida como Madame Alegria. Ela morou no hotel e, com um triste fim, caiu no fosso do elevador. Vamos até o quarto que era dela. Recatada, ela não permite que os homens entrem. Conversamos um pouco e tudo fica bem.

Mas onde mais proliferam relatos de assombrações não é no Grande Hotel, e sim no vizinho Hotel Rádio. Fundado em 1910, desativado e abandonado há décadas, hoje se transformou em uma coleção de ruínas. Em seu auge, nos anos 1910 e 1920, hospedou figuras como o já citado Vargas e o aviador e inventor Alberto Santos Dumont (1873-1932).

Reza a lenda, espalhada por moradores da região, que a decadência do hotel veio justamente por conta do suicídio de uma hóspede. A partir de então, visitantes e funcionários passaram a conviver com sons estranhos e visões de vultos pelos corredores.

Além de José Maria, quem nos acompanha a essas ruínas é Leandro Freitas, o Chacal, da empresa Condor Produções, um verdadeiro especialista em Araxá. "Aqui é um lugar macabro", adverte ele. "Várias atividades paranormais acontecem."

"Tudo é ciclo", explico. "Nosso presente, daqui a um tempo, vai ficar assim também. Por isso precisamos manter a história, para entender como administrar."

Começamos nossas investigações no local às 23h. Quando nos preparamos para entrar no que restou do hotel, recebo o recado de não querem que pisemos lá dentro. "Não estão nos deixando entrar?", pergunta João. "Tudo bem, não vamos entrar. Vou esperar vocês aqui fora", combino. Oriento os demais: se sentirem qualquer coisa de anormal, que me avisem imediatamente.

Na verdade, eles não gostaram do jeito do José Maria. Ele foi uma pessoa maravilhosa, que nos recebeu muito bem e nos abriu as portas do Grande Hotel. Porém, na hora da investigação, ele ficou tão angustiado, tão acelerado, que para levar os trabalhos a bom termo, precisei pedir para ele ficar quieto. Foi muito difícil controlá-lo para que ele não interferisse. Por falta de conhecimento ou talvez porque eu não tenha lhe explicado direito o processo, Chacal chegou a pegar a câmera e fazer o que todo racional faz, foi entrando no local como se não houvesse problema. E não é assim no sobrenatural. Temos de pedir licença, dar o tempo de que precisam, preparar nossas ondas pacíficas.

José Maria, que havia nos ajudado tanto, naquele momento nos deixou em uma saia justa. Não travou o processo, mas sua angústia racional ao mostrar o local acarretou uma aceleração que invadiu a comunicação energética. Então eu recuei e parei para reciclarmos.

Ouvimos sussurros, vozes e uma música não identificada ao fundo. Digo "Salve!", e uma voz responde "Salve!". O fenômeno é captado e registrado via EVP. Nossas câmeras registram imagens de orbes em movimento. Um vulto negro é avistado da janela.

"Há índio aqui. É um pajé", apresento. "Salve, amigo. Pode vir. Nós o saudamos e pedimos perdão pelos erros dos brancos, pela traição de alguém de sua tribo."

João aproveita para contextualizar a questão. "Conta a história de um índio araxá apaixonado pela filha do cacique. Mas o cacique acabou dando a mão da filha a um guerreiro valente", narra. "No dia da festa de casamento, esse índio rejeitado procurou os capitães do mato aqui da região, foi lá e entregou a tribo. Como era dia de festa, os índios estavam vulneráveis, então os bandeirantes mataram todos os homens. E isso tudo aconteceu exatamente aqui, neste terreno, onde mais tarde seria construído o hotel."

Há mais índios. Eles estão muito bravos. São guerreiros. "Não estamos fazendo nada. Só estamos pegando o que é nosso. Não, não", eu os sinto dizer. "Xô, aqui não", respondo. Peço ao grupo que façamos um círculo. Precisamos de proteção, precisamos nos proteger. Ninguém pode ultrapassar nosso espaço, vamos manter a calma.

Nossos aparelhos captam o ruído de uma respiração forte. "Não estamos mais em época de guerra", explico a eles. "Vocês morreram, mas ainda estão com a vibração da guerra. Nós vamos ficar quietinhos agora, esperando que vocês fiquem nos aparelhos. Estamos contando a história de vocês, que foram massacrados pela ambição e pelo domínio do ser humano."

Ressalto que eles tinham fé, tinham família. E que, infelizmente, não foram respeitados. "Amamos vocês, queridos. Não somos parentes daquela gente que fez isso com vocês", afirmo.

Chacal começa a passar mal. Sua boca treme, ele pede uma prece. Rezamos um pai-nosso. Em seguida, emendamos com a oração do santo anjo. Ele chora. Está sendo incorporado.

Pela expressão facial, está com dor. Dói o corpo. Seu nome agora é Francisco. Francisco Santos. "Quero bebida, bebida. Quero cachaça", pede.

"Não temos", respondo. "Mas prometemos que vamos deixar uma garrafa para você em uma encruzilhada. Porque sabemos que você precisa de paz, não é Francisco?", negocio.

"Sim, muita paz, muita paz, preciso sim", ele responde. "Fiz coisa errada, coisa errada." Busco confortá-lo. Friso que ele não precisa ter medo, que todos estamos ali para ajudá-lo e não importa se ele fez muita coisa errada.

Chacal, que tinha uma boa sensibilidade, abriu o canal. Entretanto, não estava numa fase muito boa. Acabou captando um espírito de rua, que nos deu nome e sobrenome.

Às vezes as pessoas dizem que eu me acho muito importante. Mas não é isso. Quando fico batendo na mesma tecla, é porque eu sei das coisas. Eu já tive muitas vivências, de todos os tipos, e sei que quando um racional entra no processo paranormal atrapalha o foco.

Apesar das ótimas intenções de José Maria e de ele ser um sujeito do bem, ele acabou se atrapalhando um pouco. Nossa vivência teve um impacto tão grande na vida dele que, hoje, ele é evangélico – vi no Facebook as fotos de seu batismo num rio. Esse comportamento é muito comum nas pessoas que têm medo, que são muito racionais e vivenciaram na pele o sobrenatural. Elas acabam procurando refúgios práticos.

Em relação ao espírito do Francisco Santos, que incorporou no Chacal, deixei minha sensibilidade fluir, minha energia, minha paranormalidade, e ele foi percebendo que aqui não havia julgamento, que ninguém o tiraria dali à força. Percebeu que concordamos em lhe dar a cachaça, e ele automaticamente saiu e se encaminhou.

Quando Chacal voltou ao normal, reclamou que suas pernas estavam bambas. Muito bambas. Pelo bem de todos, decido suspender o processo.

CAPÍTULO 29

FAMÍLIA ATORMENTADA

Tatiana e Bruno têm uma filha adolescente, Bárbara, de treze anos, e dois gêmeos de apenas quatro anos. Há um ano e sete meses, eles se mudaram para a casa onde vivem, em Botucatu, no interior paulista. Desde o segundo mês, convivem com fenômenos que lhes são bastante estranhos.

"Às vezes, sinto que tem alguém perto de mim", conta Tatiana. "Já cheguei a ver e também já cheguei a ouvir, mas nunca cheguei a ver e ouvir ao mesmo tempo." Ela se recorda com nitidez de como foi a primeira vez que percebeu tais ocorrências. "Eu estava deitada no quarto e, quando acordei, tinha uma pessoa no pé da cama", relata. "Até hoje não consigo mais dormir no quarto, só durmo na sala." Em nossa conversa, Tatiana lembra que, quando criança, também teve essas experiências, mas, nessas vezes, ela diz que os espíritos nunca olhavam para ela.

Desde esse episódio do homem ao pé da cama, uma sucessão de outros fatos passaram a atormentar essa família de Botucatu. Houve uma vez em que Tatiana já tinha ido dormir e acordou com um barulho na cozinha. Levantou-se para ver o que era e não havia ninguém, mas todas as portas dos armários estavam abertas. Outro dia, Bruno sentiu como se alguém o empurrasse na lavanderia. "E quando eu estava no banheiro e vi o reflexo de uma perna no espelho?", diz Tatiana. Isso sem falar nas pequenas coisas, essas miudezas que, sozinhas, parecem bobagem, mas que somadas revelam energias paranormais. A TV que muda de canal do nada, o telefone que aparece fora do gancho, o fogão que desliga sem interferência de ninguém, o brinquedo que desanda a funcionar sozinho.

"Tudo chegou a um ponto em que não consigo mais dormir à noite. Para ser sincera, ultimamente só durmo durante o dia, depois que acabo o meu serviço", comenta Tatiana. "Eu me sinto vigiada, como se sempre tivesse alguém me olhando."

Tento acalmá-la. "Você tem a sensibilidade à flor da pele", ressalto. Indico que a sensação que ela tem, pode ser, por exemplo, seu próprio anjo da guarda a observando, cuidando dela.

Mal concluo minhas observações e entro em sintonia. Começo a perceber quem está ali conosco, além dos vivos é claro. Há um homem, uma mulher e uma moça. São espíritos.

Bárbara, a filha adolescente, intervém. Ela tenta contar uma história, travestida de lenda urbana, sobre um homem que teria matado uma menina, sua filha, e depois se suicidado naquela na casa. "Eu não acredito nisso. Ninguém tem certeza disso", interrompe a mãe.

Começo a sentir uma forte dor nas pernas. Tatiana também. "Parece que a minha vai cair", comenta ela. Peço para apagarem as luzes. "Você, que morreu frustrada, vamos botar ordem porque ninguém tem culpa dos problemas que você teve. Vamos resolver esse problema, porque ao levar isso, essa frustração por uma vida mal vivida, por ter morrido mais cedo do que esperava, você está prejudicando essa família", oriento. "Está na hora de se organizar, de ter a leveza de subir para o cosmo. Não tem isso de 'eu não quero ir'. Existe uma lei. Aqui é o espaço dos vivos. Vocês não podem perturbar ninguém."

Pergunto se ela está se lamentando. A menina confirma. "Eu sei o que é o lamento da morte", digo. "Você tem uma energia bem forte como espírito, por isso consegue criar os fenômenos aqui dentro, não é?" Percebo uma lamúria constante.

Entendo que a nossa conversa vai ser longa. Ela precisa se comunicar. "Seja bem-vinda ao seu universo aqui na Terra. Venha em paz e com calma", solicito. Pergunto o que ela não aceita. "A morte", me responde. "A morte é mesmo difícil de aceitar", concordo. "Temos uma parte que não aceita. É normal, eu respeito. Isso acontece porque não fomos preparados. Também não sei se estou preparada. Acho que ninguém está, não é? Na hora do 'pega para capar' mesmo ninguém está."

Começo a explicar que a morte é um momento: seja por doença, seja por acidente, é um momento em que o elo entre corpo e alma é rompido. "Essa é a morte, e a sequência do outro lado é o que você leva, o que você viveu", contextualizo. "Então, por isso, com todo o respeito, você tem essa frustração porque era assim em vida. Precisa se divorciar desse momento."

Está difícil. Ela segue resistente, arredia. "Eu vou dizer uma coisa. Não aceito agressão, tá?", pondero. Isso acontece algumas vezes. São situações em que o morto só quer entender a morte. Ela quer entender o sentido, o porquê. "Você compreendeu o que eu expliquei?", insisto. "Deu para absorver na sua energia, na sua alma, tudo o que conversamos?"

Os *ghost meters* silenciam. Interpreto como um sinal de que está tudo bem, de que conseguimos aliviar um pouco a falta de entendimento que havia.

Ela pede para irmos até a cozinha. Via EVP, uma voz diz "irmã, irmã". Duas vezes. "Vamos nos despedir da Terra? Com essa comunicação, todos vão saber que você conseguiu. Fique em paz, que esta não é mais sua casa, sua história, certo?", explico. Sou direcionada à pia. Ela pede que eu lave a louça. "Isso é importante para você?", comento. "Então vamos lavar a louça. Sem problemas. Eu tomo por você esta água. Vamos conversar. Estou vendo você. Era isso que você queria? Eu continuo lavando a louça."

"Você acha justo vir atrapalhar a mãe que tem filho para criar?", insisto. Ela parece ter se acalmado. Digo à família que pensem nessa menina sempre que forem lavar louça, para que ela siga seu caminho.

Em seguida, vamos ao quarto em que Tatiana não consegue mais dormir, assustada com a aparição. O *ghost meter* indica forte oscilação eletromagnética, justamente sobre a cama. "Está escondidinho?", constato. "Não adianta se esconder. Pode sair. Que feio! Pode sair dos cantos, você vai ter de ir embora, procurar um caminho, o caminho da luz, da paz, do amor. Numa boa, sem agressão, tá, querido, sem agressão."

O homem que aparecia ao pé da cama demonstra admiração por Bruno, o dono da casa. Salienta que gostaria de ser como ele, um homem que não guarda raiva, não é vingativo nem fofoqueiro. Ele diz que tira o chapéu para o Bruno. "Pois é, meu amigo, se você não foi como ele, agora deixe que ele e a família vivam em paz", oriento. "Só estamos pedindo que siga seu caminho, não machuque mais ninguém, deixe a dona da casa ser como ela é. Eles se gostam, eles se aceitam como são."

Digo que a maior força que um ser humano tem é a fé, e eu tenho muita fé. Começo a cantar uma música da qual gosto muito, *Dona da Casa*, sucesso de Antonio Carlos e Jocáfi: "Oh, dona da casa por Nossa Senhora/ Dai-me o que beber senão eu vou-me embora/ Oh, dona da casa por Nossa Senhora/ Dai-me o que beber senão eu vou-me embora..."

Pelo *ghost meter*, o espírito responde. "Estamos dando orientação", acrescento. "Só estamos pedindo que vá embora. É uma música sem sentido, né? Eu aprendi com minha mãe." Neste momento, nossa câmera capta um estranho orbe.

Friso que ele está ganhando o que precisa: explicação e respeito. Precisa encontrar o caminho e ir embora. Ele pede que rezemos a Oração da Paz, aquela prece bonita de São Francisco de Assis. "Espera um pouquinho que eu vou me lembrar", respondo. "Onde houver trevas, que eu leve a luz/ Onde houver a guerra, que eu leve a paz", vou tentando, sem muito sucesso. "Ninguém aqui sabe essa oração?"

Bruno recorre à internet. Rezamos a oração toda. "Senhor, fazei-me instrumento de vossa paz/ Onde houver ódio, que eu leve o amor/ Onde houver ofensa, que eu leve o perdão/ Onde houver discórdia, que eu leve a união/ Onde houver dúvida, que eu leve a fé/ Onde houver erro, que eu leve a verdade/ Onde houver desespero, que eu leve a esperança/ Onde houver tristeza, que eu leve a alegria/ Onde houver trevas, que eu leve a luz./ Ó Mestre, fazei que eu procure mais/ Consolar, que ser consolado/ compreender, que ser compreendido/ amar, que ser amado./ Pois é dando que se recebe,/ é perdoando que se é perdoado,/ e é morrendo que se vive para a vida eterna."

Peço perdão em nome dele. "Vá tranquilo", finalizo. Deixo claro que se ele aparecer novamente, voltarei e terei uma postura diferente, mais intensa.

"A gente não faz o que quer. A gente dá a eles o que eles precisam", justifico. "A moça não entendia a morte e ficou presa num processo pequenininho de lavar a louça. Já o outro, ele tem uma energia mais forte." Ressalto que agora está tudo bem. Eles não são maus e vão conseguir encontrar o caminho.

Dias mais tarde, analisando o material captado, identificamos que, além da palavra "irmã", gravamos a voz dizendo "Rogério", com uma estranha dicção. João ligou para a Tatiana, perguntando se ela conhecia alguém com esse nome. "Estou em choque agora", disse-me ele. "Rogério era o pai da moça. E agora?"

Acalmei-o. Não precisávamos fazer nada. "Eles já se manifestaram naquele dia, no processo que estava ocorrendo. São duas pessoas que, comprovadamente, viveram e morreram naquela casa", resumo.

Agora, só posso desejar que vivam bem. Em geral, sempre que preciso intervir é porque alguém ficou preso em algum processo. "É o caso daquela menina, que tinha uma força tão grande e só queria que alguém entendesse sua necessidade e fizesse o que ela queria. Lavar a louça, no caso, foi mais que uma oração", saliento. "Já o senhor, esse era mais perigosinho. Mas pediu a oração que lhe fez bem e, certamente, se foi."

Dois meses depois, entretanto, Tatiana nos telefonou. Ela disse que, depois de um período de calmaria, novos fenômenos estavam ocorrendo. Respirei fundo, parei e senti, captei, fui até lá energeticamente. "Você está perdendo a paciência com a sua filha", disse para ela. "Você está cobrando demais dela. Ela é adolescente, é natural que não goste de lavar louça, de arrumar a casa, de organizar o roupeiro. Você está exagerando nessa pressão, nessa cobrança."

Depois de um longo silêncio, Tatiana admitiu que, sim, era verdade. "Mas ela não quer me ajudar nunca, vive pendurada no telefone, não arruma nem o quarto", tentou argumentar. "O espírito da menina voltou justamente para dizer a você que deixe sua filha um pouco, respeite o momento dela, a hora dela", traduzi.

Alguns dias se passaram e ela voltou a ligar. Estava mais calma e nos contou que a tática vinha dando resultado.

Que coisa bonita. O espírito daquela menina entendeu o momento da adolescente e veio tentar dar um recado para a mãe. "Deixe, ela é adolescente, tem o momento dela. Cobre, mas não fique brigando. Não fique insistindo", queria dizer.

O espírito da menina veio, na verdade, para ajudar a família.

CAPÍTULO 30

UMA NOITE EM DOIS MUSEUS

Há dois museus localizados na área da antiga Fazenda Monte Alegre, em Ribeirão Preto, no interior paulista: o Museu Histórico Plínio Travassos dos Santos e o Museu do Café Coronel Francisco Schmidt. Pela riqueza de seu passado, a fazenda é protegida pelo Condephaat, o órgão estadual de proteção ao patrimônio.

Até 1890, essas terras eram do cafeicultor mineiro coronel João Franco de Moraes Octávio. Então, a fazenda foi comprada pelo colono alemão Francisco Schmidt. Foi ele quem construiu as casas que hoje abrigam os museus.

O governo paulista desapropriou a fazenda nos anos 1930. Em 1948, as terras passaram a fazer parte do patrimônio da Universidade de São Paulo (USP). Os cerca de 17 mil metros quadrados que abrangem os dois casarões, hoje museus, foram cedidos à prefeitura para a criação das instituições.

Nossa visita ao local foi acompanhada por uma equipe da EPTV – entre eles, o repórter Michel Montefeltro –, a afiliada da Rede Globo na região. Quem nos recebe é Luiz Giacomo Polo, aposentado que trabalhou durante 25 anos no museu. "Quando eu atuava no período noturno, em geral era tranquilo. Mas às vezes ouvia pisadas e outros barulhos", conta.

Luiz se recorda de uma manhã em especial. Eram cerca de 9h e, enquanto urinava no mato próximo ao museu, viu uma mulher gorda se aproximar. Levou um susto, subiu as calças correndo e, quando virou para trás, ela havia desaparecido. "Também há histórias contadas por outros colegas. Teve um que viu um senhor subindo no coreto. Foi atrás e, lá chegando, não havia ninguém", diz.

Daniel Basso, o diretor do complexo dos dois museus, também acredita que o local seja palco de muitos fenômenos. "Tem uma jaqueira no quintal. Às vezes, estamos trabalhando e ouvimos um estrondo, como de uma fruta caindo", conta. "Vamos lá ver e não tem jaca alguma no chão. Esse pé de jaca é um mistério, engana muita gente."

Ele também se lembra do velho Schmidt, o colono alemão que foi dono daquelas terras e, hoje, empresta o nome a um dos museus. "Há registros, inclusive em livros, de que ele não suportava cachorros. E uma vez três rapazes trouxeram um cão aqui para a casa", afirma Daniel. "Foi um inferno. Ouviam-se passos atrás do bicho e ele ficava latindo o tempo todo. Um deles jurou ter visto o vulto do Schmidt aqui dentro."

"E uma das funcionárias, certa vez, disse que sentia alguém puxando o cabelo dela. Ela ainda fala sobre ter ouvido vozes, essas coisas", completa o diretor.

Cerca de quinze dias antes de nossa visita, uma estranha briga ocorreu no museu. Como parte de obras de melhoria, toda a iluminação da instituição havia sido trocada. Então ficou acertado que alguns funcionários iriam trabalhar no período noturno, justamente para testar as novas luminárias. "Por volta das 22h, me ligaram", conta Daniel. "Estavam assustados porque havia duas mulheres brigando feio, discutindo alto. Mas não tinha ninguém aqui àquela hora."

É no Museu Histórico que começamos nossas investigações. Mal ligo o *ghost meter*, e ele imediatamente começa a registrar oscilações eletromagnéticas. "Já tem alguém nos acompanhando, é? Vejo um homem baixinho...", revelo.

Sinto um chamado para irmos ao banheiro do lugar. O nosso aparelho apita mais fortemente. "Está aqui escondidinha, amiga?", pergunto. "Pode falar, pode se manifestar, pode vir... Ah, você vai mostrar sua casa para mim? Eu vou gostar. Vamos conhecer sua casa, ela devia ser muito bonita." Como costumamos fazer, deixo claro que não estamos ali para afrontar ninguém e que nosso trabalho é realizado com carinho, respeito.

Quando vejo um homem magro e começo a descrevê-lo como sisudo, mas simpático, Daniel prontamente o reconhece. É o Plínio, o fundador do museu, que hoje batiza o Museu Histórico. Pergunto se é ele mesmo, e vemos a confirmação por meio de nosso *ghost meter*.

Chegamos a um espaço repleto de fotos antigas, imagens de personalidades do passado. O aparelhinho não para, frenético. "É a energia das fotos", explico. "Eles estão falando: 'Olha, como nós éramos'." Sinto que querem me contar um pouco sobre o tempo em que viviam. Concordo com as informações, confirmo que eram, sim, pessoas honestas. "Seja bem-vindo quem vem do além para mostrar as forças do passado a fim de que os do presente aprendam a viver bem. Bem-vindos ao mundo atual, mundo este que vocês ajudaram a construir", comento.

As fotos carregam muita energia impregnada. Não é o espírito, mas a vibração de uma vaidade intensa. Antigamente, foto era uma coisa muito importante, era um evento. O mesmo acontece quando miro o aparelho para a escultura do conde João Álvares Penteado. "Não quer dizer que ele esteja aqui, mas a escultura absorveu as vibrações dele, então acaba tendo vida, tendo energia", contextualizo.

E acrescento que é ótimo o fato de a estátua estar em um museu, no lugar certo. Assim, só vibra coisa boa. Estivesse em um lugar inapropriado, poderia estar vibrando uma energia que certamente seria muito pesada.

Quando passamos em frente a um imponente relógio, Daniel se surpreende ao vê-lo funcionando. "Trabalho aqui há oito anos e nunca vi esse relógio funcionar. A gente nunca dá corda, porque é uma peça antiga", garante ele. "Pode ser que, esporadicamente, a energia do antigo dono venha fazer com que ele funcione", aponto.

Plínio continua nos acompanhando. Ele quer se comunicar. Afirma que tem um recado para Daniel, o atual diretor. "Obrigado pelos cuidados com o museu", pede que eu traduza.

De lá, prosseguimos com nossas investigações no anexo Museu do Café. Logo na carruagem, que pertencia ao Schmidt, registramos um forte campo eletromagnético. "É

a energia de quem trabalhou, a força de vida de alguém está aqui", afirmo.

Levamos um susto. Sem ninguém encostar, um tripé utilizado pela equipe de TV cai sozinho. Alguns minutos depois, outro tripé subitamente se desajusta, atrapalhando o trabalho dos cinegrafistas. "Tem alguém incomodado com a nossa presença", explico. "Contrariados, tentam prejudicar o que está sendo usado."

Nossas câmeras de visão noturna registram vários orbes em movimento. Via EVP, também captamos vozes fantasmagóricas e, de forma nítida, uma menina dizendo "mamãe".

Clara e perfeitamente audível, é possível perceber que a voz vem de outra dimensão pela diferença quando comparada logo em seguida às vozes da equipe que circulava no andar de cima da casa. Mostramos a foto da moça, a filha do dono da casa que foi criada ali e que deve ser a dona desta voz. Sua energia ainda estava solta naquele espaço. Os *ghost meters* oscilam muito.

Deparamo-nos com a estátua de João Franco, o coronel que foi o primeiro proprietário da antiga fazenda. Ele tenta se comunicar comigo, quer saber o que estamos fazendo ali. "Com licença, nós entramos em sua casa, estamos apenas admirando o que é bonito", digo. "Não estamos invadindo, mas queremos mostrar o quanto isso foi forte no passado e como o seu passado está sendo conservado no presente. Permite que fiquemos mais um pouco?"

Ele consente. Eu agradeço a gentileza.

Agora quem nos contata é o Schmidt. Daniel conta que quando ele comprou a propriedade do coronel, fez várias benfeitorias. "E ele não teve escravos", ressalta o diretor. "Salve, seu Schmidt", saúdo. "Agradecemos muito pelo senhor não ter tido escravos. O senhor não entrou nessa energia tão pesada. E que linda casa, que linda a sua história." Daniel ressalta que se trata de um personagem muito importante para a história de Ribeirão Preto, para a história da cafeicultura da região.

Ele me faz um pedido: não quer que usemos a expressão "descanse em paz" direcionada à sua memória. "Está certo", concordo. "Sei que você está bem, que vibra bem onde está, que vê esse respeito, esse amor que as pessoas têm pela sua história. Então, a seu modo, já está descansando."

Daniel arrisca lhe fazer um pedido: que ajude, com suas energias, a melhorar o museu. "Este local está precisando de restauro, para que continue preservando o legado. Ajude a gente", clama. "Tem muito cupim aqui, precisamos arrumar o telhado… Eu adoro este lugar e quero preservá-lo com muito carinho, mas estamos com problemas. Precisamos de dinheiro para a reforma, para continuarmos mantendo viva a história, que é uma grande história." Enquanto ele fala, o *ghost meter* registra intensa atividade eletromagnética. "Ele confirma o carinho pelo diretor", acrescento.

Vamos para um dos porões do museu. Ali, um antigo carrinho de carregar caixão estava sendo utilizado como depósito de quinquilharias. A energia é forte.

"Ele pede para que as coisas sejam tiradas de cima dele", explico. "Quer que seja exposto como peça no museu. Tirem as coisas, passem um paninho e coloquem um recado para que ninguém bote mais nada sobre ele."

Trata-se de um objeto que carrega uma energia própria. Morreu muita gente, os corpos eram carregados quando os espíritos ainda estavam presos neles. Havia as famílias em sofrimento. Isso tudo cria uma energia peculiar, que acaba sendo absorvida pelo objeto, que agora reclama: "Se eu não carrego mais corpo, eu não quero mais nada em cima de mim".

Para mim e para todos os que estavam lá, este foi um contato muito forte, o ápice da nossa investigação. O carrinho foi feito com uma intenção e foi usado para esta intenção: carregar um caixão com um corpo. As pessoas seguravam e empurravam o carrinho, chorando seu morto, sofrendo pelo seu morto. Ficou impregnado, impregnado com a sintonia da morte, quer dizer, ali não tinha outra energia, pois o morto estava ali. Foi a junção da energia da morte, dos corpos, do sofrimento vivenciado ao redor do carrinho. Nele ficou um canal com essa vibração – o carrinho servia para carregar os mortos e, por isso, pediu para tirar as coisas e objetos que estavam sobre ele, pois ali em cima só um caixão e um corpo.

Concluo que os museus de Ribeirão Preto não são mal-assombrados, mas têm uma rica história que é preservada e lembrada. Assim, toda vez que se fala de uma pessoa, a energia se organiza. Ela ganha uma espécie de permissão para, de vez em quando, aparecer. "Eles não são fantasmas, mas ganham autorização e as energias são reativadas aqui. Entretanto, não há nada de negativo", saliento.

Num ambiente bem conservado e com peças de época, é natural que espíritos venham sentir o ambiente deles, venham vivenciar, mesmo como espíritos, o ambiente deles, pois ali estão a casa e a história. Isso facilita as ocorrências observadas no local.

"Sempre fico impressionado com a força do ser humano e como ele consegue impregnar os objetos com os quais convive", filosofa João. "Temos boas provas de que o sobrenatural está aí."

CAPÍTULO 31

NAMORADOS

Este caso é muito interessante por várias nuances. Primeiro, a menina. A estudante Sabrina tem dezesseis anos e é mais uma prova de que capacidades paranormais brotam muito cedo. Adolescente, ela já está com a vibração muito forte, pois esse dom não surge de uma hora para a outra. Assim como o namorado, o professor de filosofia Marcos, de 26 anos, lhe dá todo o apoio – inclusive ajudando-a a lidar com a pressão de terceiros –, os mortos vêm para dar suporte. Isso ocorre tranquilamente, faz parte da sensibilidade dela.

O desconhecido não é a paranormalidade. O desconhecido é a falta de conhecimento de si e da genética, para saber como lidar com a paranormalidade. E a manipulação de leituras convenientes contribuem para deixar as pessoas confusas sobre sua sensibilidade.

Foi Marcos quem nos contatou, por e-mail. "Quando me disseram que era em Santa Bárbara d'Oeste, eu pensei que fosse uma cidadezinha meio abandonada. Mas preciso dizer que é um lugar muito bonito", confesso a ele, em meio a um verdadeiro tour que ele fez conosco pelo município do interior paulista de quase 200 mil habitantes. "É uma cidade de passado interessante e economia equilibrada", orgulha-se o professor.

No e-mail, Marcos já havia relatado sobre os fenômenos vivenciados por sua namorada, a Sabrina. Em nossa conversa, ambos contaram algumas das experiências. São luzes, vultos, a porta que se abre sozinha, a lâmpada do quarto que acende e apaga intermitentemente.

"Houve uma madrugada, eram 3h ou 4h da manhã, em que eu comecei a escutar a porta abrindo e fechando. Acreditei que fosse a de um vizinho", conta Marcos. "Por volta das 6h, a Sabrina acordou e foi checar. Era a porta da cozinha. E apareceu um gato, foi até o quarto, tinha um miado feio, depois sumiu."

Detalhe: ela fechou a porta, passou a chave. "Então a chave começou a tentar virar sozinha para abrir novamente", lembra Sabrina.

A estudante também diz já ter sentido a presença de alguém ao seu lado, inclusive sentindo um cheiro de perfume forte. "E uma vez reclamou que alguém estava subindo em cima dela", relata o professor.

Em comum, um fator interessante. Muitos dos fenômenos acontecem quando o casal vai para o quarto. "Você é paranormal", diagnostico. "Ainda está em evolução, precisa ganhar maturidade. Tem um canal, mas precisa tomar consciência dele, porque pessoas mortas e energias vão tentar se comunicar contigo."

Percebo, entretanto, que ela está muito incomodada. "É que eu acho meio estranho isso, muito estranha a situação", concorda a menina. "A sua sorte é que você tem um namorado muito legal", argumento.

Enquanto conversamos, espíritos de pessoas que, de alguma maneira, foram ligadas a Marcos ou a Sabrina buscam contato através de mim. A cada comunicação, nosso *ghost meter* acusa oscilações eletromagnéticas, como sempre acontece nessas situações.

Primeiro, vem a avó da menina, que morreu antes mesmo de ela nascer. "Ela tinha bastante dor de cabeça", constato. "Está aqui e me diz que houve muitos problemas familiares, coisas que não foram resolvidas, não é?" Sabrina faz que sim com a cabeça. "Você tem parentes com língua de trapo...", comento.

Aproveito para dar conselhos a Sabrina. Há problemas em ambas as famílias, e isso pode prejudicar o próprio desenvolvimento do seu dom da paranormalidade. Além, é claro, de atrapalhar o relacionamento do casal. "Minha filha, não crie vínculos religiosos, não utilize uma religião como bengala", aviso. "Vivencie isso primeiro. Eu diria para você procurar um psicólogo. Não pela paranormalidade, mas pelos problemas humanos e familiares com os quais você convive." Digo a ela que o importante é não forçar os fenômenos, mas sim vivenciá-los. "Se você observar, eles ocorrem no dia em que há algum acontecimento emocional mais intenso", afirmo.

É nítido que Marcos e Sabrina se gostam demais. E a coisa mais sagrada é o amor. "É crueldade o que as famílias de vocês estão fazendo", acuso. "Vocês não imaginam quantos casamentos já foram desfeitos por interferência de familiares, de sogras, de mães, de tias..." A família interfere, dá palpites em tudo. O resultado é que Sabrina fica angustiada e não tem intimidade para pensar por conta própria e, assim, organizar sua sensibilidade, encontrar sua direção.

Este contexto eu já tinha percebido em casa, antes de pegarmos a estrada. "A gente já vem com o diagnóstico, aqui fazemos a vivência", saliento.

O avô de Marcos, Inácio, e o tio, Geraldo, também entram em sintonia. Eles estão presentes mas não querem atrapalhar. "É como eu digo, os mortos que vibraram bem, fizeram coisas dentro de um padrão de consciência, de sentimento, estes só vêm para ajudar", explico.

Então, recebemos o contato de Luiz Cleber, antigo amigo do professor de filosofia. Ele cometeu suicídio. Ambos tinham sido seminaristas e eram muito próximos. Marcos continua com sua fé católica, mas teve a dignidade de perceber que seus sentimentos e sua sexualidade não eram compatíveis com a vida de um padre. Luiz Cleber não suportou a pressão, a imposição de se tornar um sacerdote. Acabou se matando. Ser padre é uma vocação muito bonita, mas a pessoa tem de ter isso muito consolidado. Não é fácil renunciar às emoções e à sexualidade. A fé precisa ser maior.

"Eu rezo para que você siga em paz, meu amigo. Vamos rezar cada vez mais por você e por sua família", Marcos diz e começa a chorar. "Não precisa pedir perdão, Luiz", digo.

"Seu amigo o compreende. Não precisa se justificar, sabemos que o desespero de sua alma era muito grande."

Marcos começa a contar a história da amizade de ambos. O *ghost meter* não para de apitar, demonstrando como Luiz Cleber está presente e realmente querendo conversar com o amigo. "Nós nos conhecemos em 2008", diz o professor. "Sinto muita saudade dele e quero que use essa força que tinha em vida para que descanse, seja feliz."

Meu papel ali é orientá-lo, ajudá-lo a se organizar. "Não dê importância ao que os outros falam. Ninguém tem o direito de dizer nada, porque ninguém sabe o que passava pela sua cabeça", afirmo. "A consciência é o núcleo secreto onde Deus habita, somente Deus conhece. Eu, como seu amigo, não vou julgar. O que eu quero é que você seja feliz nessa nova etapa que está vivendo", completa Marcos.

Luiz Cleber tem um pedido. Quer que o amigo vá visitar seu túmulo. Como ele foi muito execrado pelos familiares e amigos depois que cometeu o suicídio, precisava conversar com um amigo que o entendesse para finalmente conseguir se libertar deste mundo. "Eu o procurei tanto...", ele diz para Marcos, e eu transmito o recado.

Às lágrimas, Marcos prossegue consolando o amigo. "Você tem aqui alguém que sempre vai te entender", diz.

Foi uma experiência muito forte, de amor, de respeito. E ficou muito claro para mim que Marcos é alguém com a cabeça pronta para ajudar Sabrina a desenvolver sua paranormalidade. "Qualquer coisa, esse menino aqui te ajuda", falo para ela.

CAPÍTULO 32

A TRAGÉDIA DE SANTA MARIA

A segunda maior tragédia em um incêndio no Brasil ocorreu em 27 de janeiro de 2013, na Boate Kiss, em Santa Maria, no Rio Grande do Sul. Em consequência da imprudência de terem acendido um sinalizador no interior da casa noturna, o fogo tomou conta do local entre 2h30 e 5h da manhã, deixando 242 mortos e 680 feridos.

Um ano e meio após esse triste acidente, João e eu fomos ao local. "Com amor e discretamente. Nunca com o intuito de provocar, mas sim de sentir se ali ficaram presas emoções, se há a possibilidade de alguma comunicação.

Estamos aqui para fazer uma avaliação", comento. "Faz seis meses que estamos em contato com a associação dos familiares dos mortos. Queríamos que eles acompanhassem nosso trabalho e nos dessem a permissão. Mas eles acabaram não retornando o nosso contato", completa João. "Então, respeitamos. Estamos aqui com todo o carinho."

Para João, sem dúvida, a motivação era especial. "Santa Maria é minha terra", diz ele. "Eu me criei aqui, eu me formei aqui. Tenho muito respeito e carinho por tudo o que envolve a cidade."

Também acredito que nossa demora em ir a Santa Maria se deve ao respeito característico de nossa atuação. Havia todo um contexto de dor muito forte. Não poderíamos entrar numa área em que a ferida estava sangrando. Embora, no caso da Kiss, acredito que a ferida nunca vá deixar de sangrar.

Cada religião faz uma leitura da tragédia. No meu entendimento, é preciso compreender que, quando estamos em um coletivo, entramos na energia daquele conjunto do qual fazemos parte. É preciso ter isso em mente quando analisamos mortes coletivas.

Há muitas desculpas dadas para justificar por que muitos escaparam. Pode ser um anjo da guarda, uma força, um momento, a abertura de situações. É muito doloroso, sem dúvida, mas temos de mostrar que estar naquele coletivo acabou encerrando histórias individuais. As irresponsabilidades, a falta de cuidado dos administradores do local e a negligência de autoridades acabaram por criar um coletivo negativo e destrutivo. "Isso atingiu diretamente o coletivo da cidade", complemento.

Chegamos ao endereço onde funcionava a boate. Há uma espécie de tapume cercando o terreno. O local foi

transformado num memorial extraoficial, cheio de fotos dos mortos e mensagens dos familiares enlutados. Tudo espontâneo e improvisado. "Não tem como esquecer isso aqui", digo.

Observo o perfil das vítimas pelas fotografias estampadas no tapume. Só jovens, só gente bonita. Uma dor enorme. João pergunta o que sinto. "Sensação de vazio total. Vazio e desespero. Algo do tipo 'o que houve?', 'ahn?'...", comento.

Com amor, anuncio que estou à disposição caso alguma energia esteja presa ali e queira se comunicar. Afirmo que estou no local com todo o meu consolo. Aproveito para deixar um recado aos que nos assistem pelo YouTube – e, agora, aos que leem este livro. "Uma oração para esses mortos é importante, sem dúvida. Mas, atenção vocês que são jovens, quando forem sair, observem se o local tem rota de fuga, se tem segurança. Isso é um alerta: analisem, não sejam afoitos, não acreditem no que é dito. Para que eles não tenham morrido em vão", explico. "Esse tipo de atitude vai ajudar a aliviar todo esse coletivo, todo esse sofrimento." Deixo claro que é preciso brigar pela vida, porque foi na alegria que esses jovens perderam a vida.

"As vibrações são doídas. Acredito que as sequelas que ficaram vão levar duas, três gerações para amenizarem", digo.

O interessante é que não sinto a presença de espíritos. Só consigo captar sofrimento, talvez até mesmo das pessoas que estavam do lado de fora da boate naquela madrugada e tentaram ajudar como puderam. "Parece que tudo morreu junto, até as emoções", acredito. "Deus teve misericórdia, chegou e levou tudo. E tantas orações e sofrimento, isso ajudou as almas a se libertarem." Eu não queria estar na pele de quem perdeu esses jovens.

Nossos aparelhos captam um EVP. Nitidamente, uma voz pede: "Nos deixem". Como não estávamos em lugar controlado, havia muitas interferências e possibilidades de interferências, então acabamos não validando o fenômeno como algo sobrenatural. Mas é possível compreender o motivo de uma mensagem desse tipo.

O endereço é muito movimentado. Pessoas de toda sorte de religiões, equipes de reportagem, etc. E ninguém escuta de verdade o que eles têm para falar. Ninguém faz essa leitura mais ampla.

Quando nos preparávamos para sair do local, o nosso *ghost meter* registrou uma variação eletromagnética. Justamente no ponto que homenageia Leonardo de Lima Machado, um dos mortos. Dependurada ali, há uma camiseta com o nome dele. Continuo andando, mas algo me leva a voltar ao lugar. Leonardo, talvez, queira falar algo, talvez precise se comunicar. Voltamos ao mesmo ponto e novamente o aparelho registra oscilações. "O que você quer, meu amigo?", pergunto. "Que a misericórdia divina esteja aqui, salve. Quer falar com a gente? Entendemos o sofrimento e a angústia de vocês."

Leonardo tinha 26 anos e era militar, soldado do 1º Regimento de Carros de Combate de Santa Maria. Era seu dia de folga, e ele estava com a namorada. Quando o fogo começou a tomar conta do local, usou seus conhecimentos para tentar socorrer as vítimas. Depois de sair da boate em chamas, ele retornou duas vezes para resgatar as pessoas. Na segunda, não conseguiu mais sair. Foi enterrado com honras militares e chamado por todos de "soldado herói".

Percebo que, apesar do sofrimento, ele leva a alegria da festa. Não está preso na dor. Vibra como se a festa tivesse parado no momento anterior ao incêndio. "É por isso que ele não está preso aqui. Está lá em cima, vibrando em alegria", constato. "Só veio até aqui para se comunicar conosco."

"Estou me divertindo", ele me disse. Morreu e parou em um momento que gostava, na festa. Não levou o sofrimento, levou o momento que vivia antes da morte.

É muito triste.

Estamos tentando conseguir autorização para retornar, entrar na boate e tentar ajudar as almas que por ventura ainda estejam lá.

CAPÍTULO 33

A GENÉTICA DAS BENZEDEIRAS

"Boa noite, meu nome é Renata e moro na cidade de Jundiaí, em uma mesma casa desde 1988. Eu e minha irmã vemos vultos e pessoas de corpo inteiro. Ambas sentimos toques. Minha irmã, quando dormia, já deu lugar para alguém se deitar com ela. Certa noite, não faz muito tempo, uma mulher passou por meu quarto: eu olhei e falei com ela, depois notei que suas roupas eram antigas. O que fazer em um caso assim? Já fizemos todos os tipos de orações possíveis. Melhora por um tempo, mas depois voltam a acontecer coisas estranhas. Contam uma história de que aqui por perto, há muitos anos, pessoas eram enterradas."

"Sou Margarete, irmã da Renata. Estamos em Jundiaí e, como sou um pouco 'diferente', sei que há algo de errado entre nós, em nossa casa. Tenho casos de visões, sinto toques em meu corpo com agressividade e carinho e coisas como avisos antes de acontecimentos. Tive um filho assassinado no ano passado. Ele já estava desaparecido havia dois anos, estava sem documentos e as possibilidades de eu encontrá-lo eram remotas. De repente, me deparei com uma reportagem sobre sua morte, em um site da cidade de Vitória, no Espírito Santo. Por que entrei naquele site, ainda não sei. Mas no dia de sua morte, acessei e fui direto ver o nome dele. Não conheço ninguém daquele estado, nem meu filho, que antes nunca havia saído do estado de São Paulo. Pedi sempre a Deus que ele voltasse para mim e assim foi feito. Não tinha documentos e iria ser enterrado como indigente naquela terra estranha. Mas está aqui, comigo, graças a Deus e aos anjos protetores. Este é um dos fatos. Família difícil."

Recebemos essas duas mensagens de uma mesma família e decidimos que precisávamos ir a Jundiaí. Fomos recebidos pelas irmãs Renata e Margarete, os pais delas, Joana e Antonio, e Matheus, filho de Margarete. Todos dispostos a contar suas histórias, suas experiências e o que vinha acontecendo.

"Sou regente de coral, musicista, toco instrumentos como piano e teclado. Sempre tive uma certa sensibilidade para algumas coisas. Tive experiências meio ruins na infância. Uma vez quase morri afogada", começa a contar Margarete. Ela se recorda também de quando vivia em São Bernardo do Campo, logo após ter se casado. Ouvia muita gente lhe chamar, vultos que saíam de seu quarto e, algumas vezes, mãos apenas do punho para a frente entrando na sua cama. Também enxergava bolas vermelhas por cima do guarda-roupa.

Anos mais tarde, já morando em Jundiaí, seu ex-marido se envolveu em um acidente de carro que acabou atropelando e matando um sujeito. "Comecei a ver um homem no meu quarto. Ele estava muito bravo", conta. "Descrevi a pessoa para o meu marido, o jeito que estava, a roupa que vestia." Ele reconheceu: era o tal atropelado. "Não sabíamos nem sequer o nome do rapaz, mas mandei rezar uma missa para ele e as aparições pararam."

Margarete ainda conta que é comum que a roupa que estende no varal seja toda retirada de lá. "Também já levei beliscão, já tomei empurrão quando estava no computador", relata. "E já senti alguém dormindo ao meu lado na cama, mesmo estando sozinha." Por vezes, tem premonições – como da vez em que, segundos antes, enxergou um acidente no qual se envolveria.

Quando mergulha em suas memórias mais profundas, nota que essas sensações paranormais já existiam desde sua infância. "Minha mãe sempre teve problemas de vista e médico nenhum descobria. Eu era criança e disse que eram cálculos na pálpebra, e isso depois foi confirmado", exemplifica.

Mas não é fácil ser assim. O povo estranha. O povo fala pelas costas. "As pessoas parecem ter um receio de chegar perto da gente", lamenta Margarete. "Eu quase não tenho amigos. Sinto medo nos outros."

Meu primeiro pensamento: ela necessita organizar essa energia toda. "Você gera, gera, gera, mas não está direcionando", diagnostico. "É preciso organizar de uma forma prática." Renata entra na conversa. Conta que até os quinze anos nunca tinha sentido nada de diferente, nem visto nada que fosse fora do normal. "Depois, sofri um acidente de carro e daquele dia em diante alguma coisa despertou em mim", conta. "Na primeira vez, eu estava deitada em minha cama e vi uma pessoa por perto. Brilhava, era um azul tão lindo, tão lindo. Mas eu não conseguia identificar direito. Olhando, perguntei para minha mãe se era ela quem estava ali." A mãe negou. E aconselhou: "reza, que passa". "Foi só o trabalho de piscar o olho e a criatura sumiu", diz Renata.

Ela prossegue contando que muitas vezes sente o ambiente. Pesado e frio, por exemplo. "Às vezes, estou dormindo e acordo tremendo. Posso estar cheia de cobertores, mas um gelo me percorre todo o corpo. É terrível. Aí eu começo a me concentrar, faço orações e tudo vai se amenizando", relata.

Dias atrás, Renata acordou no meio da madrugada e viu uma mulher passando perto de sua cama. Ela falou que sua gata tinha feito as necessidades no quarto. "Era uma mulher com roupas do começo do século passado. Foi entrando no quarto e sumiu. Tudo muito estranho", afirma.

Premonições também lhe são comuns. A mais recente ocorreu quando Renata estava se arrumando para ir ao mercado. "Quando fui vestir os tênis, me bateu um sono e decidi não sair de casa naquele dia. Dois dias depois, quando fui ao mercado, uma moça me contou que, exatamente naquele dia e horário, havia entrado um bandido com revólver no estabelecimento, assustando e assaltando todo mundo", narra.

Imagino uma ligação genética entre as irmãs, algo que justifique o fato de as duas terem vivências paranormais. Dona Joana, a mãe, conta que é filha de uma antiga benzedeira, que por sua vez era filha de um índio. "Imagina o peso da responsabilidade de vocês", aponto. "Herdaram tudo de uma benzedeira. Para mim, benzedeira é a nata da espiritualidade. Elas têm uma genética, têm uma história. Pelo que percebi, vocês não organizaram isso até hoje."

Peço que não procurem resposta nas religiões. Primeiro, que sigam atrás dessa força direcional. "Assim vocês vão se achar, porque, do contrário, cada religião vai querer colocar regras que só servem para deixar os racionais mais seguros."

"Façamos o que tem de ser feito", assente dona Joana. O processo paranormal das benzedeiras é o mais puro e rústico que existe pela simplicidade que contempla. Não tem a interferência de leituras religiosas, não tem interferências de leituras místicas. As benzedeiras são a espécie pura. Elas têm o dom e com sua força e energia, com seu potencial energético, direcionam essa força pura para pontos que os corpos das pessoas que as procuram precisam.

Quem tem uma percepção, uma paranormalidade organizada, consegue passar com clareza informações confiáveis e práticas. "O que acontece com religiões e com místicos é que muitos deles são racionais. Então, apesar de terem determinada sensibilidade, o que dizem só funciona sob controle", explico. "Uma benzedeira, ou qualquer pessoa que use sua sensibilidade, precisa ser campo neutro." Isso porque é preciso contar com um desprendimento racional e emocional para não entrar em leituras controladoras: muitos apelam a estas por insegurança, medo e necessidade de aceitação.

Sei das dificuldades que um paranormal enfrenta para se manter neutro nos dias de hoje. "Em geral, ele está contaminado com muitas histórias. Tem a razão contaminada, as emoções desestruturadas. E sofre muita perseguição, muita pressão de fora", comento. "É um risco. Ele se desorganiza e se prende a algum grupo. Então, mesmo captando as informações de organização pessoal, não as entende." Toda informação que vem do sobrenatural é, em primeira instância, para o crescimento próprio, para percebermos que temos essa capacidade, para aprendermos a traduzir corretamente. "As situações que enfrentamos são processos que precisam ser vivenciados, e não rotulados", acrescento. "Do contrário, acabam se tornando meros processos racionais."

Quando estou na frente das pessoas e vejo (e descrevo) as situações que a telepatia capta, dou-lhes segurança sobre o que estamos falando, quem estamos contatando. Assim, elas aceitam participar e a reciclagem acontece. Entretanto, para chegar a esse ponto de clareza paranormal, foi preciso ignorar a perseguição, os rótulos, as críticas. Toda vez que vivencio novas situações, sei que isso acontece para que melhoremos e tenhamos mais segurança. Nunca para eu me exibir como boa e iluminada.

Mas voltemos à casa de Jundiaí. Margarete relata o doloroso drama que havia experimentado um ano antes de nossa visita: o assassinato de Paulo Henrique, um de seus filhos. "Ele ficou dois anos desaparecido. Eu o procurava em todos os lugares, sem sucesso", conta ela, que cansou de aparecer em reportagens de TV com a foto do filho nas mãos. Acabou dando de cara com o nome do rapaz em um site de notícias de Vitória, no Espírito Santo, que relatava um homicídio. "Liguei para a polícia e contei o que tinha lido. No dia seguinte, me retornaram com a confirmação de que era mesmo o meu filho."

Paulo fugiu de casa porque teve "orientações religiosas erradas", conta Margarete. Um pregador que andava por Jundiaí o convenceu a abandonar a família e "procurar o caminho dele". "Este senhor se dizia a reencarnação de Jesus

Cristo, um profeta, coisa assim. E meu filho, que era estudado, inteligente, campeão de xadrez, caiu nessa história ridícula", Margarete não se conforma.

De acordo com o que apurou, Paulo estava saindo de casa quando levou quatro tiros. "Dois na cabeça, um nas costas e um no braço", enumera, emocionada. "Ele ia consertar um cano em algum lugar. Estava fechando o portão quando foi alvejado. A pessoa que o matou ainda falou 'pessoa errada', e sumiu." Era um domingo. Paulo foi sepultado em Jundiaí, somente na quinta-feira seguinte. "Resultado? Não pude vê-lo nem pelo vidrinho, nada. Eu enterrei um caixão", diz. "Fico com a dúvida. Será que enterrei meu filho mesmo?"

Dona Joana intervém. "Eu, com minha mão em cima do caixão, senti que ele estava lá", afirma, categórica. "Já pedi várias vezes para ele vir falar comigo", comenta Margarete. "Mas isso vem de lá, não é?", explico. "Se você pede o que você quer, não tem a ressonância. Como diria Chico Xavier (o médium Francisco Cândido Xavier, que viveu entre 1910 e 2002), o telefone não toca daqui para lá, toca de lá para cá. Eu respeito sua dor, mas não é o seu querer de dor que vai fazer o elo, mas sim você deixando sua sensibilidade fluir."

Percebo que ele não se comunica com Margarete, e sim com Matheus, o irmão mais novo. "Eu não vejo nada, não escuto nada. Mas eu o sinto, sim", confirma ele. "A mãe chama e ele vai para perto do irmão", comento. "Eu já pensei nisso", diz Matheus, acrescentando que hoje ocupa o quarto que antes era do irmão. Noto a presença de Paulo Henrique ali e obtenho a confirmação dos parentes quando descrevo alguns de seus trejeitos.

Matheus conta que também vivencia alguns fenômenos. Em geral, somente sensações. Mas, certa vez, viu uma sombra passando no canto do olho.

Neste momento, acho importante encerrar de uma vez por todas a conversa de que haveria uma maldição sobre a família. “Não é o que ocorre aqui, definitivamente. Maldição de família é quando há alguém com índole ruim. No caso de vocês, ninguém tem essa índole. Nem os que morreram, nem os que estão aqui”, afirmo.

Quando estou falando isso, sinto a presença da avó benzedeira. “Ela está vendo o problema. Então, ganha permissão para vir e tentar ajudar”, constato. Até então em silêncio, seu Antonio, o pai de Margarete e Renata, pede a palavra. “Tudo o que tenho a dizer é que isso que elas contam é verdade. Isso não é mentira, não é fajutice, não”, discursa, calmamente. “O que precisa é interpretação. Tem de saber analisar e interpretar, senão a gente acaba ficando perdido.”

Dona Joana pede para eu aproveitar que estou vendo a mãe dela, a benzedeira, e perguntar se realmente Paulo Henrique morreu, dirimindo de vez a dúvida que paira sobre a cabeça de Margarete: a possibilidade de ela ter enterrado outra pessoa dentro daquele caixão lacrado. “Quando eu descrevi seus gestos, vocês confirmaram, não é?”, respondo. “Se ele está aqui, ele mesmo já tirou essa dúvida.”

Sinto um forte incômodo nos ombros. Paulo Henrique demonstra que ainda há algo dele na casa. “É a televisão”, informam os parentes. A televisão está próxima dos meus ombros.

Há mais gente no local. Uma mulher que sofria de algo na barriga. Eles a identificam. É uma tia de Margarete e Renata, que morreu de septicemia, após ser submetida a uma cirurgia de hérnia. Também há alguém que teve nódulos na pele e fez quimioterapia até morrer. É um tio delas, muito próximo da família. “Sejam bem-vindos para ajudar, para poder organizar esta casa”, digo.

Acho importante, entretanto, separarmos alhos de bugalhos. Viro-me para Margarete e friso que preciso ser franca com ela. "Vamos deixar bem claro: a sua espiritualidade é uma maravilha. Mas eu sou guria de recados e recados precisam ser dados", afirmo. "Você é uma pessoa frustrada. Se quer continuar assim, tudo bem, o livre-arbítrio é de cada um. Entretanto, tem a chance de se organizar. Há duas coisas a serem feitas. Procure uma terapia e busque o sagrado dentro de você, independente de religião. Saiba escolher. Porque frustração é uma coisa muito triste."

Sinto muita vontade de chorar. É um choro que vem de algum morto. Um espírito pede para diminuirmos a luz ambiente. Eles me contam que na casa da avó benzedeira não havia eletricidade, só lampião a gás. "É nesta casa que estou agora", ressalto. A partir de então, como pudemos constatar após as nossas gravações, uma série de anomalias luminosas foram registradas pela casa.

É Paulo Henrique quem pede para se comunicar agora. "Quer falar alguma coisa?", pergunto. Ele responde com uma fagulha de luz, só percebida pelas gravações. "Então diga neste momento, porque quando encerrarmos aqui você não terá mais permissão para chegar perto do seu irmão, está certo?", combino.

Paulo Henrique pede perdão. "Para mim, é uma coisa muito séria. Não peça para mim, peça para sua mãe. Você sabe qual é o meu ponto de vista, até porque eu não tenho elos com você", endureço. Noto uma certa arrogância em sua abordagem. Ele usa essa energia ríspida comigo.

Vou explicando a ele que eu entendo o que se passa. "Você foi um bobo em vida, um fraco em vida. Por que deixou uma pessoa fazer o que fez com você?", provoco. "Eu já o perdoei, há muitos e muitos anos. Já havia perdoado quando ele ainda estava vivo", diz Margarete, com compaixão e sinceridade maternas.

É impressionante a imagem registrada por nossas câmeras neste momento, quando Margarete o liberta. Um espírito de luz aparece para resgatar Paulo Henrique. Descrevo o que sinto e os parentes reconhecem o espírito como sendo do tio Quim, um antepassado muito forte e querido. Uma estranha luz sai dos olhos de Matheus.

Concluo a investigação. Ressalto mais uma vez a importância de eles direcionarem as capacidades paranormais herdadas. Sensibilidade é deixar fluir o sagrado que está em cada um de nós.

CAPÍTULO 34

DEFINIÇÕES E LIMITES

Fui chamada por uma família simples, moradora do bairro de Itaim Paulista, na periferia de São Paulo. Eles estão bastante preocupados com uma tia muito debilitada: há mais de três anos passa o dia inteiro na cama, alterna episódios de agressividade e veste-se de forma desleixada, com várias camadas de roupas e cabelo bagunçado. Para proteger sua imagem, ela não foi exibida em nossos documentários e assuntos íntimos familiares não foram discutidos em frente às câmeras.

A família está atordoada e já buscou ajuda de vários especialistas espirituais. Quase sem esperança, nos viram em um programa de TV e nos procuraram. Incrivelmente, a tia, que sempre recusava ajuda, aceitou nos receber.

De imediato, noto que o problema é mais humano do que espiritual. A mulher está visivelmente doente. Nessa área de caçar fantasmas, é preciso sempre ficar atento para distinguir o que é doença e o que é, de fato, interferência dos espíritos. É necessário ter uma postura profissional e conter a ansiedade de antecipar qualquer conclusão. Devemos manter uma distância das pessoas que nos chamam para, com nossa sensibilidade, analisar com calma todos os fatores envolvidos.

E foi assim, com isso na mente e no coração, que entrei na casa dessa família.

Fomos recebidos com muito carinho por todos, principalmente por dona Bela, que, cozinheira de mão cheia, nos serviu um bolo tão delicioso que nos lembramos dele até hoje. Nossas visitas são sempre surpreendentes, umas vezes no lado espiritual, outras no social, e essa nos tocou, inclusive, gastronomicamente.

A família reunida começa a me contar do relacionamento com a tia, dando uma ideia do cenário recorrente naquela casa. Gritos no meio da noite, situações de estresse e problemas emocionais que se intensificaram com as mortes, em intervalos muito curtos, de três parentes.

Enquanto eles recordam essas pessoas, seus espíritos se manifestam. Um marido nervoso e malcriado, um sobrinho de muletas e uma senhora carismática e sorridente, mesmo com seus problemas nos pés. Uma reunião familiar que transcende o plano material e é composta por pessoas muito boas, que claramente não contribuem para a desorganização ali instalada.

Percebo um dom passado por gerações. A matriarca, já morta, era uma excelente benzedeira e parteira. Essa vocação ainda permeia a família, mas não está sendo canalizada por ninguém no momento.

Inicio os trabalhos pedindo as licenças habituais aos vivos e aos mortos, convidando estes a se manifestarem por mim e pelos aparelhos.

Passo pelos quartos e me detenho nos móveis. Uma cômoda chama a minha atenção e a família confirma que ali estão guardadas fotos de parentes. É curioso como, da mesma forma em que entro no universo dos espíritos, eles entram em mim. Orlando, um homem muito curioso, me pergunta o que aconteceu com minha mão. Meus dedos estão dormentes. "Quebrei", explico para ele.

Percebo o tempo todo que estamos rodeados por pessoas boas em uma atmosfera completamente desproporcional ao clima pesado que reina sobre a casa. A tia percebe esses espíritos e, por não estar bem, confunde as leituras e potencializa seus transtornos. Vejo o filho de dona Bela sentado aos pés da porta. Está incomodado com nossa presença e me diz que o problema não está nos espíritos. É mais um indicativo de que a questão está no plano dos vivos. Mas ele também quer dar um recado para sua mãe: mostra um livro pequeno que gostava de ler e dona Bela me traz sua Bíblia. Ele pede que ela guarde o livro. Nem precisa abrir, mas deve se agarrar a ele em momentos de desespero.

Consolo dona Bela sobre a partida do filho: ela sabia que sua vida seria curta. "Ele era um moço muito objetivo, querido, mas que desenvolveu um problema com a bebida e passou a ter uma vida destrutiva para ele e para as pessoas a seu redor", contextualizo.

Dona Bela está preocupada, quer entender o motivo de toda essa desordem emocional. Cogita até macumba vinda de um parente. Acalmo-a dizendo que não é isso. Já contaram também com a ajuda de evangélicos e umbandistas para consertar a situação, sempre sem sucesso. Se o problema fosse espiritual, ele já teria se resolvido depois de tanta mobilização. "Vocês são muito fortes para segurar essa situação", digo.

Concluo que o problema é estritamente psiquiátrico, solucionável com tratamento médico. A tia, de personalidade muito forte, teve um histórico muito pesado de perdas que desencadearam essa condição. Agora, ela precisa ser tratada. A família entende com amor a minha explicação e se compromete a buscar a solução adequada.

Depois de nossa investigação, soube que a família buscou um médico, que prescreveu tratamento. Houve resistência inicial a aceitá-lo, a ponto de os familiares diluírem em suco os medicamentos. Com o tempo, a tia foi melhorando até sarar. Retomou seu trabalho como advogada, se organizou como pessoa e voltou a ser quem era.

Nessa investigação pude ver os dois lados: o psiquiátrico e o paranormal. Todo ser humano tem uma paranormalidade, mas, nesse caso, não era esse canal que causava problemas. Há uma diferença entre problema psiquiátrico, catarse emocional e paranormalidade. Problemas psiquiátricos são alucinações derivadas de doença, que melhoram com acompanhamento médico. Já na catarse emocional, a pessoa inconscientemente extravasa as suas frustrações. Quem não sabe diferenciar os episódios costuma confundi-los com manifestações sobrenaturais. Esses dois são diferentes da sensibilidade, que é a real manifestação de espíritos e energias.

CAPÍTULO 35

ELE PRECISA SER HOMENAGEADO

Já fazia cinco anos que o estilista, ator, apresentador de televisão e político Clodovil Hernandes (1937-2009) havia morrido quando voltamos à sua casa de praia, em Ubatuba, no litoral norte de São Paulo. Para o João e para mim, o local era cheio de boas lembranças. Trazia recordações de Clodovil, de quem éramos amigos e com quem sempre tivemos um bom convívio, apesar de seu temperamento forte, é preciso ressaltar. Também nos fez recordar de um alegre réveillon que festejamos naquela casa, tendo Clodovil como anfitrião, obviamente.

"E pensar que ficamos oito anos sem ter contato com ele", comento com João. "Relembrar de Clodovil é mostrar que ele continua vivo na história dele. Era uma pessoa muito sensível e à frente de seu tempo. Nós, como amigos, nunca vimos defeito nele. O Clodovil era aquilo que vocês conheciam na frente das câmeras", ressalto. Era verdadeiramente autêntico. "Ô, meu amigo, como você sabia viver", suspira João.

Nossa visita tem a companhia do apresentador e jornalista Luiz Bacci, do programa *Tá na Tela*, da Band, e de sua equipe. Mal entramos na casa e já começo a entrar em sintonia com o estilista. Eu o vejo. Luiz parece um tanto espantando, como se não esperasse esse tipo de interação. "O Clodovil está aqui?", pergunta, com ar um tanto incrédulo. "Sim", respondo. E o *ghost meter* é acionado imediatamente. "Isso mesmo. Eles precisam do aparelho para reconhecerem sua presença", digo. Noto que ele vibra com força, estava com necessidade de comunicação.

É o próprio Clodovil quem nos conduz pelas dependências da casa. Quer começar o tour mostrando o lugar que ele mais adorava: a capela que construiu em homenagem à mãe, a imigrante espanhola Izabel Sánchez Hernandes (1908-1986). "Ela foi a única mulher que amei na vida", costumava afirmar.

No interior da casa propriamente dita, percebo que ele está incomodado, chateado. "Abandonaram minha casa", ele me diz. "Cadê meus móveis, meus objetos de decoração?" O jornalista parece entender o drama. "Não tem mais a cara dele, não é?", afirma, olhando para os ambientes completamente depenados. Comento que também fiquei muito chocada.

Quando entramos em um dos cômodos, ele se irrita porque há uma panela em um canto, uma revista velha em outro.

Dou uma organizada, na tentativa de acalmá-lo. "Não fique triste, amigo. Respire fundo", peço. "Hoje não resta mais nada", comenta Luiz, sobre o espaço vazio.

Clodovil me revela estar com vergonha de mostrar sua casa assim. "Não precisa", ressalto. "Ela está assim não por sua culpa, mas porque não cuidaram dela depois de sua partida. Sim, concordo. São pessoas irresponsáveis que nunca souberam valorizá-la."

Luiz completa. Diz que ele não precisa se preocupar, que a ideia não é criticar a casa, mas lhe fazer uma homenagem. "Você ainda é o dono desta casa", ressalto. "Pode ficar tranquilo que eu cuidarei para que ninguém fale mal de você."

Conto para o jornalista que esta é terceira vez que converso com o Clodovil após sua morte. Uma delas, aliás, teve uma importância ímpar. Minha filha ia se casar e, na hora de escolhermos o vestido, ele apareceu para dar palpite. "Na hora, não parecia ser o melhor traje", admito. "Mas, depois, ficou um vestido de noiva maravilhoso."

Clodovil interrompe minha história. Quer que entremos em seu quarto. "Vamos levar os moços para o meu quarto", insiste, categórico. "Tem uns moços bonitos aqui, não é?", concordo, meio na brincadeira. Ele, como ninguém, gostava de estar rodeado por pessoas bonitas.

Ao subir a escadaria, sinto um súbito mal-estar. É o caseiro Antonio, o mais fiel dos empregados do estilista, que nos acompanha. Ele comenta que uma vez se sentiu mal justamente quando subia esta escada.

Quando estamos no quarto, ele passa a se incomodar com as pessoas. "Vocês são muito atrevidos. Entrando assim na minha casa sem nem pedir licença", reclama. "Então me desculpe", tento contornar a situação. "Eu lhe peço permissão." Clodovil quer que eu insulte algumas pessoas, mas eu me nego. "Se eu fizer o que ele manda, vou xingar meio mundo", justifico-me. Aceito transmitir o recado apenas para quem está ali. "Ele está dizendo que vocês sempre o usaram, são uns oportunistas", repasso. "A mídia, quando precisava de assunto, me procurava. Agora estão aqui. E você deixou, Rosa?", ele me pergunta, em tom agressivo. Explico que devemos aproveitar o momento para trazer os holofotes para a história dele. Luiz me pergunta qual o semblante dele neste momento. "Bravo, irritado, mal-educado, como ele era", descrevo. Sinto uma vontade imensa de chorar, uma tristeza que capto dele, Clodovil. "Acho que ainda não fizeram uma verdadeira homenagem a ele", comento.

Luiz quer saber se ele tem consciência de que morreu. Explico que sim, ele sabe disso. E aceita essa condição. "Mas o que o irrita é que ele ainda não recebeu uma homenagem digna, a homenagem que ele acha que merece", afirmo. "Ele gostaria de dar nome a um festival de moda, a uma semana de moda. Ou algum curso da área. Algo ligado a isso, afinal, antes de mais nada, ele era estilista."

Clodovil pede seus chinelos a Antonio. O caseiro se emociona quando dou detalhes de como era o tal calçado solicitado pelo patrão. "Ele disse que esses chinelos não podem sair de casa", repasso o recado. "Rosa, esse chinelo quem está usando é minha esposa. E estamos nos separando. Ou seja, há a possibilidade de que o chinelo saia de casa", confessa-me Antonio, com os olhos firmes.

Então me sinto na obrigação de colocar panos quentes no assunto. "Clodovil, vamos botar ordem nessa história. Você não precisa mais dos chinelos", sentencio. "E menos, viu, menos. Não me crie problemas porque sou eu quem estou aqui na Terra."

O jornalista pergunta a Antonio se era verdade que o quarto era reservadíssimo, restrito apenas às paixões secretas de Clodovil. "Sim, mesmo os funcionários entravam pouco aqui, apenas para a limpeza", diz o caseiro. Há uma passagem secreta no quarto, que dá direto no jardim. Descemos por ela. "Eu sinto muito a presença dele ainda. Às vezes noto o perfume que ele usava, fico todo arrepiado", comenta Antonio.

Entramos em um cômodo especial no qual o piso é areia. Clodovil se irrita, me chama a atenção. "Você está de sapatos", adverte. Fico descalça e torno a pisar na areia. "Realmente, ele não deixava que ninguém pisasse aqui sem tirar os sapatos", frisa o caseiro.

Não me contenho e choro. Ele me coloca na parede. Quer saber por que João e eu não fomos ao seu velório, ao enterro. "Pensei que não tivéssemos tanto valor assim na sua vida. Afinal, passamos pela vida das pessoas, não é?", digo. "Mas é, João, ele levou as nossas lembranças com ele."

Também emocionado, João se recorda do réveillon que passamos ali. "Ele me xingou porque eu tomei Coca-Cola antes de beber o champanhe. Disse: 'eu paguei uma fortuna pelo champanhe e você mistura com Coca'", narra.

"Clodovil, decidi me recolher com sua morte para que ninguém achasse que estávamos sendo oportunistas em cima de seu nome. Você sempre dizia que todo mundo era oportunista e eu tomo muito cuidado para evitar isso", desculpo-me. "Mas assim que eu puder eu vou ao seu túmulo, eu me comprometo. Não foi descaso, não foi." Clodovil foi enterrado no Cemitério do Morumbi, no bairro homônimo de São Paulo. Ele me passa uma dor de quem parece abandonado, esquecido. "As pessoas não o esqueceram", ressalto. "Elas apenas seguiram seu caminho. Tenho certeza absoluta disso."

A sensação foi interessante. Pela amizade mantida com Clodovil e pelo carinho que sempre tive por ele, neste caso meu filtro emocional trabalhou e eu me permiti extravasar as emoções. Era um amigo em questão.

O estilista tem um último recado para Luiz, o repórter. "Não se atreva a deixar esse programa malfeito. Tem de ser uma matéria bem bonita, bem ao meu estilo", ordena, dedo em riste. "Ele quer dirigir a reportagem?", desconversa, irônico, o repórter.

Uma coisa que me marcou muito nessa investigação foi a mágoa e o ressentimento passados por Clodovil. Sua trajetória brilhante como estilista ainda não teve um reconhecimento, uma homenagem à sua altura.

Em vida, muitos usavam o Clodovil como ponte, como escada. Apareciam à custa de sua imagem, pois ele sempre teve muita audiência. Isso o incomodava. "Todo mundo me explora, todo mundo quer alguma coisa. Em troca, mesmo, muito pouco me dão", ele costumava me dizer, em particular, e repetiu durante essa visita. Era um homem muito sincero, sem papas na língua.

Lembro sempre de sua coleção de sapos. Eram de todos os tipos, de pedra, de porcelana, de todos os materiais. Sempre que vejo um sapo, me recordo dele.

Antonio ainda nos conta que ficou muito nervoso quando os pertences de Clodovil foram a leilão. Ele lamenta de modo mais profundo pelo busto de um índio que enfeitava o jardim em frente à piscina. "Quando o Clodovil ficava preocupado, ansioso, meio deprimido, era para lá que costumava ir", recorda-se.

Mas fico aliviada. Saio da casa com a certeza de que ele está vibrando em um círculo energético para onde só levou coisas boas.

CAPÍTULO 36

O LUGAR MAIS MAL-ASSOMBRADO DO BRASIL

Sempre fui fascinada pela história e pela arquitetura do Castelinho da Rua Apa, famosa construção da região central da cidade de São Paulo. Trata-se de um imóvel bastante peculiar, erguido em 1912 como réplica de um castelo medieval francês. "Entrar no castelinho é um desejo antigo nosso", resume João.

Era a excêntrica casa da família César Reis, dona do cinema Broadway, badalado estabelecimento da então pomposa avenida São João. Cheia de vitrais pintados por renomados artistas da época e toda decorada com tapetes indianos.

O passado da construção, entretanto, foi marcado por um crime nunca completamente solucionado. No dia 12 de maio de 1937, Álvaro César Guimarães Reis teria matado a mãe, Maria Cândida, e o irmão Armando, dentro do imóvel. E, em seguida, tirado a própria vida. Os corpos foram encontrados por um amigo perto da escadaria e na entrada do escritório da casa.

De acordo com informações da época, a discussão familiar teria iniciado porque Álvaro pretendia instalar um rinque de patinação no lugar do cinema. Armando, que desde a morte do pai, anos antes, era quem cuidava das finanças da família, era contra a esdrúxula ideia. Segundo relato publicado pelo jornal *O Estado de S. Paulo* no dia seguinte à tragédia, Álvaro sonhava com um empreendimento a ser batizado de Palácio do Gelo. O delegado do caso, Durval de Villalva, dizia já ter conhecimento da querela dos Reis, porque a divergência entre os dois já se arrastava há um tempo. Tanto que Armando, incomodado com o estado do irmão, vinha pensando em submetê-lo a um psiquiatra.

"Esta história nunca foi bem contada", afirmo. "Naquela época, a polícia não tinha tanta facilidade para desvendar crimes." As mortes jamais foram completamente esclarecidas. Inclusive porque, estranhamente, o corpo de Álvaro teria sido atingido por dois tiros, o que levanta a hipótese de um triplo homicídio, cometido por uma outra pessoa. A posição em que os corpos foram encontrados pela polícia também seria incompatível com a tese de fratricídio seguido de suicídio. "É uma situação bem complicada. Uma investigação que fica em aberto", comento. "A conclusão mais fácil nem sempre é a correta." Fato é que o imóvel acabou fechado logo após o crime por falta de herdeiros diretos.

Por conta de uma lei federal sobre heranças promulgada pelo então presidente Getúlio Vargas, o castelinho acabou sendo repassado ao governo federal. Em 1996, a ONG Clube de Mães do Brasil obteve a concessão de uso concedida pela União. No entanto, não conseguiu verbas para fazer as reformas necessárias no local, por tanto tempo abandonado, servindo como depósito de sucata e abrigo para usuários de drogas e moradores de rua. O órgão municipal de proteção ao patrimônio, Conpresp, tombou o imóvel em 2004.

Quando o visitamos, no início de 2015, o castelinho estava em ruínas e desativado. Estávamos acompanhados por uma equipe de reportagem da revista *Veja São Paulo*, suplemento que circula na capital paulista e cidades próximas com a *Veja*, da Editora Abril. Confesso que tinha acordado ansiosa. E minha empolgação se comprovaria: hoje, afirmo sem pestanejar que o Castelinho da Rua Apa é o lugar mais pesado energeticamente que já visitamos.

Antes de começarmos a nossa investigação, analisei o contexto histórico daquela construção outrora tão imponente. "Ou coloca ordem ou derruba", sentencio. "Lamento quando há destruição, mas às vezes não tem jeito." E fazia muito tempo que se pretendia restaurar o local, sempre sem sucesso, em razão de milhares de empecilhos. Em meio a isso, os episódios de estranhas aparições se somavam.

O problema, no meu entender, é que as pessoas não se permitem sentir o ambiente. Usam muito o racional, então, automaticamente, as energias se movimentam de forma independente, porque as pessoas estão muito preocupadas. "Em um meio assim, as energias vão se alimentando do contexto ao redor da casa. Qualquer coisa negativa ou destrutiva, tudo o que se pensa ou acontece, um vai realimentando o outro", explico.

João se lembra do nosso lema, ressalta que não estamos ali para julgar ninguém, mas para ajudá-los a seguir em frente. "Em nosso trabalho, sabemos que não há uma regra", diz ele. "Os espíritos não vêm para aparecer, mas para estabelecer contato, pedir ajuda. Eles aproveitam o canal que a Rosa tem."

Mal entramos e o *ghost meter* não para de apitar, freneticamente, como nunca tínhamos visto. "Sim, viemos conversar, saber as histórias de vocês", digo. "Com licença, não estamos aqui para nada além de mostrar as histórias de vocês e perguntar se precisam de alguma coisa. Não viemos julgar nem matar ninguém. Afinal, vocês já estão mortos."

Friso que entendo a dor deles, que realmente deve ser difícil perceber quando o patrimônio da família acaba reduzido a destroços. "Mas vocês estão trabalhando com ódio e rancor e assim não pode", ressalto. "Entendam: vocês são amados."

Estou fortemente conectada com eles. A casa está carregada de ódio, de rancor, de vingança. Vejo uma mulher. "Maria Cândida, é a senhora? Venha em paz, minha amiga", conforto-a. "Filho é assim mesmo: cresceu, dá trabalho. Mas fique em paz, que tudo se resolve. A senhora tem de se desprender daqui."

Comento com a repórter Ana Carolina Soares, da *Veja São Paulo*, que as energias impregnadas são todas negativas. "Eu o mato, eu o mato, eu o mato", foi isso que ficou gravado aqui. "Não à toa, há muitos relatos de vozes e vultos nesta casa. É um dos lugares mais mal-assombrados de São Paulo", acrescenta João. Eu concordo. Sinto uma energia muito intensa.

"Vamos sair, gente. Vamos limpar essas energias. Vamos limpar isto daqui", peço aos mortos. "Isto está pior do que cemitério, só tem energias negativas. Está muito triste a vida de vocês aqui. Cemitério é água com açúcar perto desta casa." A situação é o retrato do que foi a família: eles não conseguiam se amar, se respeitar. Só se preocupavam com dinheiro e poder. "Que tristeza, não é", comento. "Para mim, ver almas penando é uma tristeza." O *ghost meter* registra a oscilação energética na intensidade máxima.

Eles me pedem perdão pelo ocorrido. Explico que não tenho essa autoridade, mas minha missão ali é tentar fazer com que eles compreendam o ocorrido e consigam encontrar o caminho. "Dinheiro é saudável, não há problemas em gostar dele. O que não é bom é a forma como vocês usaram o dinheiro e os conflitos gerados por conta dele", contextualizo. "Aqui, foi destrutivo."

O perdão não deve ser dado por mim. Não sou religião e não acredito nessa história de eu poder perdoá-los. "Mas vocês podem se encontrar aí em cima e então um perdoa o outro. Não é aqui embaixo que vamos perdoar, certo?", oriento. "Perdoem-se. Não por mim, mas por vocês mesmos, tá? Problemas familiares têm de ser resolvidos em família. Eu não posso fazer mais do que já estou fazendo."

Um dos espíritos pede que eu venha morar na casa. "Está brincando, querido. Eu não posso fazer isso. Sei que vocês sugam a energia das pessoas", digo.

É urgente que façamos essa limpeza energética no local. Essa negatividade que está aqui se alimenta de tudo o que há de negativo. Trata-se de um círculo vicioso. A troca com o externo não é boa. "Eu tenho limites", ressalto.

Decidimos dar um tempo e voltar à noite. Quando retornamos, por volta das 22h30, identifico peças soltas no emaranhado da história. Estou convicta, pelo que os espíritos me passam, de que a briga familiar começou muito antes das mortes – os irmãos já viviam em conflito quando o pai ainda era vivo. "Eles competiam muito entre si e a mãe sempre tentava protegê-los", diagnostico.

Outra coisa sobre a qual estou certa: havia uma outra pessoa na casa. "E o interessante é que a energia dessa outra pessoa era de um homem", detalho. "Então realmente havia outra pessoa", comenta João. "Sim, veio alguém para terminar de matar todo mundo. Mas, independentemente disso, estamos aqui para organizar as energias, que estão muito impregnadas e precisam sair daqui, para que a casa fique limpa e alguma coisa de bom venha substituir tudo isso."

Converso novamente com os espíritos ali retidos. "Triste quando o homem não sabe aproveitar o dinheiro, não é", comento. "O dinheiro não é uma coisa errada, mas sim a forma como pessoas ambiciosas e competitivas o utilizam. Dinheiro é uma necessidade. O problema é a ganância."

Via EVP, captamos um estalo. O *ghost meter* está no ponto máximo. "Vamos conversar? Não, medo eu não tenho, nem um pinguinho. Pode se mostrar", deixo claro. "Nossa missão é tentar unir vocês", completa João.

Procuro mostrar para eles que brigas familiares são comuns. "Vocês não são os únicos", argumento. "Toda família briga, toda família tem sua ovelha negra. Às vezes, não chega a ser negra, é meio cinza, mas toda família tem esse processo. A diferença é que aqui a coisa foi forte."

Peço que venham, sem receio algum. "Vibrem, mas venham com intenção de crescimento. Não com a intenção só de aparecer", ressalto. "Desfaçam-se dessa energia, ligada ao que vocês viveram aqui na Terra. Essa energia não é nada boa."

Proponho que organizemos o espaço. Todos querem paz, e eles também querem paz. "Todos os que morrem, por mais erros que cometam na Terra, buscam a paz", saliento. "Vamos trabalhar para que vocês tenham consciência disso, se juntem e vibrem numa harmonia maior."

João me pergunta se acredito que a energia deles tem atrapalhado profundamente o lugar. "Sim, sem dúvida. Eles não deixam a gente mexer aqui", respondo. "Eles eram muito possessivos", completa João.

Ressalto mais uma vez que nosso trabalho é tentar encaminhá-los. A casa foi deles, mas houve uma história final extremamente errada. "Mas quem sou eu para julgar o que vocês fizeram?", acrescento. "O problema é que nós absorvemos isso como algo errado e destrutivo. Só que nada impede que vocês, ao tomarem um pouco de consciência, se desvinculem disso energeticamente."

"Aqui foi o pior lugar onde já estivemos?", pergunta-me João. "Sim, por várias razões. Não somente pelo que aconteceu aqui dentro, mas também porque do lado de fora passa muita gente em sofrimento, não é?", explico. "São pessoas perdidas, pessoas que às vezes nem percebem que são seres humanos. Estão perdidas em uma situação de vivos. Isso também realimenta o negativo daqui."

Maria Cândida volta a interagir comigo. Ela insiste que quer perdão. "Mas, minha senhora, desde pequenininhos os dois tinham problemas, não? Personalidades diferentes, desorganizados...", defino. "Eles tinham muito dinheiro, isso facilita a vida, sem dúvida, mas... O importante é que deixem este lugar. Esta casa não pode ser esse peso para vocês. Aqui não é mais de vocês há muito tempo."

Volto a afirmar, enfaticamente, a importância histórica e arquitetônica do castelinho que eles construíram com tanto orgulho. "Este lugar é de uma arquitetura única, mas se vocês continuarem aqui com essa vibração de morte e violência, vão acabar expelindo energias que denigrem qualquer um que venha fazer a reforma, recuperar o lugar", ressalto. "Não acredito que vocês não querem que isso seja resolvido. Sem pressa, o tempo de que necessitarem, mas vocês precisam sair daqui."

Prossigo no meu trabalho de convencimento. "Libertem-se, vamos! Enquanto suas emoções ficarem presas aqui, suas almas não irão descansar", explico. "Em vida, vocês vibraram o bom e o ruim. E isso ficou impregnado aqui. Agora, as almas de vocês não estão conseguindo se libertar porque as emoções são pesadas, intensas, e não estão dando paz para suas almas. Vibrem momentos bons, em que vocês tiveram paz. Não houve só brigas nesta casa. Houve ciclos pesados, mas também houve ciclos bons."

Volto à questão da competitividade exacerbada e aguerrida entre os dois irmãos. Digo que, até certo ponto, é normal competir, é normal ter ciúme um do outro, achar que a mãe dá mais atenção para um do que para o outro. "Só que vocês cresceram e mantiveram essas rixas, fora dos padrões da normalidade", ressalto. "Se vocês não entenderem, isso aqui vai vibrar sempre, lamentavelmente, como um ponto referencial negativo."

Comento que amor é algo muito difícil de administrar. "Eu entendo. Vocês estavam em uma briga, e aí o sentimento do amor deu uma vacilada, não é?", analiso. "Mas olhem só como está a casa de vocês. Querem deixar uma herança maldita assim? Da maneira como está hoje, nem para túmulo serve. Deixem este castelinho ser útil."

Percebo que ainda lhes é muito forte a lembrança do momento do crime. Então, tento, na conversa, fazer com que eles se libertem do episódio. Via EVP, captamos uma voz feminina que deixa um recado nítido. "Senta, senta,

Rosa. Senta, Rosa, senta", diz. "Nós estamos incomodando aqui", compreendo.

Imediatamente, o *ghost meter* para de registrar oscilações eletromagnéticas. "Era disso que vocês precisavam?", pergunto. "Uma conversa para se libertarem?" Por isso eu acredito que não adianta simplesmente rezar. Um espírito tem de entender os fatos, tomar consciência de como as emoções o afetaram e o deixaram preso ao local.

Vejo um vulto. A cabeça de uma mulher passando em uma fresta. João se levanta para ver. "Não tinha ninguém lá fora", comenta. "E o portão está chaveado." Digo a ele que acho que era a mãe, Maria Cândida. "O problema é que ela morreu antes dos filhos. Levou a lembrança deles brigando, e não deles mortos", compreendo.

O relógio marca 0h10 quando encerramos nossos trabalhos. Fico com a sensação de que, depois da voz captada pelo EVP, toda a atmosfera ficou mais leve. "Compreendemos a necessidade deles. Agora estou em paz, estou muito em paz", concluo.

Alguns meses depois, em dezembro de 2015, finalmente foram iniciadas as obras de recuperação do Castelinho da Rua Apa, mediante uma solicitação da Secretaria Estadual de Justiça e da Defesa da Cidadania do Estado de São Paulo, que conseguiu, junto ao Fundo Estadual de Defesa dos Interesses Difusos (FID), a garantia de cerca de 90% do custo total previsto para o restauro orçado em quase 2,9 milhões de reais. Sempre acontecem coisas assim nesses lugares mais públicos. Vamos ao lugar, ajudamos, organizamos e fica claro que nossa interferência limpa o sobrenatural.

CRÉDITO DAS IMAGENS

Capítulo 1	Frame de vídeo do canal do Youtube Visão Paranormal
Capítulo 2	Frame de vídeo do canal do Youtube Visão Paranormal
Capítulo 3	Frame de vídeo do canal do Youtube Visão Paranormal
Capítulo 4	Frame de vídeo do canal do Youtube Visão Paranormal
Capítulo 5	© Thirsty Backpacker
Capítulo 6	Frame de vídeo do canal do Youtube Visão Paranormal
Capítulo 7	© casfotoarda / Fotolia
Capítulo 8	Frame de vídeo do canal do Youtube Visão Paranormal
Capítulo 9	Frame de vídeo do canal do Youtube Visão Paranormal
Capítulo 10	© andreiuc88 / Fotolia
Capítulo 11	Frame de vídeo do canal do Youtube Visão Paranormal
Capítulo 12	© wellphoto / Fotolia
Capítulo 13	Frame de vídeo do canal do Youtube Visão Paranormal
Capítulo 14	© pict rider / Fotolia
Capítulo 15	Frame de vídeo do canal do Youtube Visão Paranormal
Capítulo 16	Frame de vídeo do canal do Youtube Visão Paranormal
Capítulo 17	Domínio público
Capítulo 18	Frame de vídeo do canal do Youtube Visão Paranormal
Capítulo 19	Frame de vídeo do canal do Youtube Visão Paranormal
Capítulo 20	Frame de vídeo do canal do Youtube Visão Paranormal
Capítulo 21	Frame de vídeo do canal do Youtube Visão Paranormal
Capítulo 22	© Alexander Trinitatov / Fotolia
Capítulo 23	© jaguarblanco / Fotolia
Capítulo 24	© sakhorn38 / Fotolia
Capítulo 25	Frame de vídeo do canal do Youtube Visão Paranormal
Capítulo 26	Frame de vídeo do canal do Youtube Visão Paranormal
Capítulo 27	Frame de vídeo do canal do Youtube Visão Paranormal
Capítulo 28	Frame de vídeo do canal do Youtube Visão Paranormal
Capítulo 29	© Jonathan Stutz / Fotolia
Capítulo 30	© archideaphoto / Fotolia
Capítulo 31	Frame de vídeo do canal do Youtube Visão Paranormal
Capítulo 32	© Anton Gvozdikov / Fotolia
Capítulo 33	© captblack76 / Fotolia
Capítulo 34	Frame de vídeo do canal do Youtube Visão Paranormal
Capítulo 35	Paulo Fridman/Corbis/Getty Images
Capítulo 36	© Raoni Felix / Fotolia

Este livro foi composto em Adobe Garamond Pro e Bliss Pro e impresso pela Intergraf para a Editora Planeta do Brasil em julho de 2016.